La clinique de l'enfer

GÉRARD CHEVALIER

La clinique de l'enfer

ÉDITIONS DU PALÉMON
ZI de Kernevez - 11B rue Röntgen - 29000 QUIMPER

DU MÊME AUTEUR

AUX ÉDITIONS DU PALÉMON

La magie des nuages
Vague scélérate
Vivre... et revivre
L'ombre de la brume
Au Vent Cristallin
Meurtre en pleine page

DANS LA COLLECTION LE CHAT CATIA MÈNE L'ENQUÊTE

n°1 - Miaou, bordel !
n°2 - Ron-ron, ça tourne !
n°3 - Plumes… et emplumés !
n°4 - Carnage... en coloriage !
n°5 - Gourous... coucou !
n°6 - La disparue des Monts d'Arrée
n°7 - Les chats noirs de la Table Ronde

Retrouvez ces ouvrages sur www.palemon.fr.
Le site de l'auteur : **www.gerard-chevalier.com**

CE LIVRE EST UN ROMAN.
Toute ressemblance avec des personnes, des noms propres, des lieux privés, des noms de firmes, des situations existant ou ayant existé, ne saurait être que le fait du hasard.

Garde un œil froid sur la vie et sur la mort.
Cavalier...passe ton chemin.
William Buttler Yeats

Cet univers ne serait pas grand-chose
s'il n'abritait pas les gens qu'on aime.
Stephen Hawking

TEMPS 0

— Ah... lumière... où ? Ancrage... Pied... Mal ? Pas... Rien. Dedans quoi ? Manque... manque... manque... Bruit...

— Bonjour, monsieur Pierre. Vous êtes enfin réveillé.

— ...

— Comment vous sentez-vous ?

— Ehhhhh... Faaaaa...

— Ne vous fatiguez pas, ça va revenir. Je vais vous redresser, vous serez mieux... Voilà... Vous avez soif ?

— ... Nmmmmm...

— Tenez, ça va vous faire du bien.

Qui... ? dame... sombre... Ahhhh... Rien... peur.

— Ne vous énervez pas. Ça va aller... Vous comprenez ce que je vous dis ?

— ...

— Remuez la tête, si vous comprenez...

— ...

— Reposez-vous. Je vais chercher le médecin.
Manque… manque… Où ? Pas.

TEMPS 1

— Vous… a… et… ou vous… de la chance… vez mon… voyez ?

— Bon. C'est pas terrible. On va voir comment ça évolue, si ça évolue. Pour le reste, on va faire des tests. Mais j'ai l'impression que c'est mal parti.

Parti… parti… Où ? Peur… Ehhhhhh…

— Oui, je suis là, monsieur Pierre.

— Oui… là… là… mmmain…

— Ah, vous voyez, ça vous fait plaisir une petite caresse sur la joue ?

— Oui… là… là… mmm… main !

— C'est bien ! La main ! L'orthophoniste s'occupera de vous bientôt. Je vous laisse, mais je reviens pour le dîner. À tout à l'heure. N'ayez pas peur, je reviens.

— Parti… re… viens…

TEMPS 2

— Bonjour, monsieur Pierre. Bien dormi ?

— …

— Je vais vous donner votre petit-déjeuner. Du café au lait et des tartines beurrées. Ça vous va ? Oui ?

— Oui… Ehhhh… nonn… pas… pas… lait.

— Pas de lait. Très bien. Je vais vous aider pour boire. D'accord ?

— Oui… la… main…

— Vous voulez ma main sur votre visage, c'est ça ?

— Oui…

— Ça vous fait du bien ?

— … Oui…

— Je trouve que vous avez récupéré depuis deux jours. Vous allez voir. Ça ira de mieux en mieux. Tenez, votre tartine…

— Mmmm… Mer… ci !

— Très bien ! Vous voyez, vous retrouvez vos esprits.

— … manque… manque… peur…

— Je suis là, monsieur Pierre. N'ayez pas peur. Si vous avez besoin de quoi que ce soit, voilà la sonnette.

Sonnette... sonnette... mots... les mots... partis... Oh ! Mon bras... remue... pas... peur... que... je fais là ? Oui... la dame noire... gentille... belle aussi... Elle sent bon... Elle...

— Ehhhhhh...

Pas parler ? Jeeee... Pas parler... parler... j'ai peur...

TEMPS 3

— Bonjour, monsieur Pierre. Je suis Irène, votre orthophoniste. Comment vous sentez-vous aujourd'hui ?

— Peur…

— Ne craignez rien, monsieur Pierre, je sais que vous faites des progrès. Mademoiselle N'Diaye, votre infirmière, me dit que vous prononcez des mots. C'est vrai ?

— Oui… elle… gentille.

— Bravo ! C'est vrai qu'elle est gentille… trop gentille. Vous vous souvenez de votre travail ?

— …

— Vous ne vous souvenez pas de l'endroit où vous étiez avant de venir ici ?

— Nnnon…

— Ce n'est pas grave. On va commencer doucement. On y va ? Oui ?

— … Oui…

— Dou… ?

— … ce… ment…
— C'est ça ! Très bien… Médi… ?
— … cament…
— Oui ! Hôpi… ?
— … tal !

TEMPS 4

— Alors… Nous sommes en présence d'un accident hémorragique par suite d'une rupture d'un anévrisme dans les espaces sous-arachnoïdiens. Il ne semble pas y avoir de destruction, mais compression par la lésion. L'HTIC [1] est évitée et il n'y a pas de libération d'ions calcium. À noter un déficit partiel du côté gauche. L'IRM nous orienterait vers une intervention neurochirurgicale. Le patient est sous anticoagulant avec aussi un traitement antihypertenseur. Un début de récupération cognitif est constaté. Mais une DFT [2] est toujours possible.

— Ton diagnostic évolutif?

— Pas terrible. Mais…

— Mais?

— Compte tenu de ses… relations, difficile de faire quoi que ce soit.

---

1. *Hypertension intracrânienne.*

2. *Dégénérescence fronto-temporale.*

— Bon. On s'adaptera.

— On a une entrée ce matin. Viens voir.

… médecin… sort… et l'autre… comprends pas… Jargon ? C'est ça ! Je dois… calme ! Une menace… j'ai peur… La sonnette…

— Que se passe-t-il, monsieur Pierre ? Vous voulez le bassin ?

— Non… vous…

— Oui ? Quoi, moi ?

— Vous… près… avec moi…

— Ah, vous vouliez que je vienne vous voir… C'est ça ?

— Oui… Vous… gentille… J'ai peur.

— Allons, monsieur Pierre. Ça va aller. Vous commencez à reparler. Et vous allez être debout très vite… Je suis là pour vous aider. Tout va bien.

— Merci… Vous êtes…

— Oui ?

— Vous êtes… belle… Vos yeux…

— C'est très gentil. C'est la première fois qu'un… qu'un de mes patients me dit ça. Tiens, je vous fais la bise.

— …

— Ne pleurez pas, monsieur Pierre. On va bien vous soigner… Oh, pardon ! Je ne vous avais pas vue ! Entrez, madame. Vous êtes une parente ?

— Je suis sa belle-mère.

— Je vous laisse.

— Mon pauvre Pierre… Comment tu te sens ?

— Mal… mal à parler… à bouger.

— Oui, je sais. Je viens de voir ton médecin. Mais tu progresses. Tu vas t'en sortir. Ton père t'embrasse.

— Mon père… où… mon père ?

— Tu ne te souviens pas ? Il est en Côte d'Ivoire pour encore deux mois.

— Pas vu depuis… longtemps…

— Je le regrette… J'aimerais tant que vous vous entendiez. C'est dur pour moi vos disputes perpétuelles.

— Tu fais quoi ?

— Ah ! Tu as oublié ça aussi ? Je suis maître de conférences à la Sorbonne.

— Comment… ton nom ?

— Fabienne…

— … C'est ça… Fabienne.

— Je suis désolée de ne pas être venue plus tôt. J'étais en déplacement en Jordanie… Que veux-tu que je t'apporte ? Tu as besoin de quoi ?

TEMPS 5

— Bonne nouvelle, monsieur Pierre ! Vous déménagez pour une belle chambre avec vue sur la mer ! Vous êtes content ?

— Oui… content… de vous… voir…

— Oh, mais vous parlez de mieux en mieux !

— Quand vous êtes là… c'est bien… Votre nom ?

— Marie. Je vous l'ai déjà dit, mais vous avez oublié…

— Marie… j'oublie tout…

— Mais non, mais non…

— Marie… Belle couleur de peau…

— Vous aimez la peau noire ?

— J'aime… vous ici !

— Moi aussi, je vous aime bien, monsieur Pierre. Allez, asseyez-vous au bord du lit… C'est ça, tirez sur la barre… Voilà, vous y êtes presque… Là… c'est bien. Je vous tiens, je vous tiens… Asseyez-vous dans le fauteuil… Parfait. Je vous emmène dans votre nouvelle chambre. C'est votre belle-mère qui a demandé votre transfert. Il paraît que le bateau est votre passion…

— Le bateau ?

— … Il n'y a qu'un bout de jardin entre le balcon et la plage. Vous allez voir… On y est… Attention ! Et voilà ! Ça vous plaît ?

— C'est… magnifique !

— Oui, c'est la plus belle chambre de la clinique. La vue va vous donner des forces !

— … béton précontraint ?

— Pardon ? Je ne comprends pas.

— … Le bâtiment…

— Ah oui, c'est vrai, vous êtes architecte. Je ne saurais pas vous répondre. Vous demanderez au médecin. Le kinésithérapeute va venir dans une heure. Vous voulez rester dans le fauteuil roulant ou aller au lit ?

— Non… rester… regarder…

— Vous n'avez pas froid, la fenêtre ouverte ?

— Non…

— Je vous mets quand même une couverture…

— La main…

— Comment ?

— Donnez… la main.

— Bien sûr… Oh ! Un baisemain, comme à une grande dame !

— Vous… ma grande dame… à moi…

— Hé, mais nous sommes dans le grand monde, ici ! C'est une réception officielle ?

— Monsieur Pierre est content d'être dans sa nouvelle chambre. Je vous laisse, docteur.

— Ne me laisse pas trop longtemps, Marie… Alors, on se sent mieux ?

— J'ai… j'ai des… moments mieux. J'ai… J'oublie… beaucoup.

— Estimez-vous heureux de pouvoir déjà parler. Dans votre cas, il y en a qui restent comme des légumes. D'ailleurs, nous sommes surpris de votre processus de récupération. Mais bon, tant mieux. C'est la loterie de ce genre d'accident vasculaire. On va vous regonfler pendant quelque temps, et ensuite on interviendra si besoin pour nettoyer l'hématome. Voilà… Votre belle-mère a insisté pour qu'on vous chouchoute. Vous êtes gâté, sacré veinard ! Le kiné va essayer de vous faire remuer un peu. L'orthophoniste m'a également dit qu'il y a de l'espoir. Ah, j'oubliais : votre père nous a téléphoné. Je ne savais pas qu'il était un personnage aussi important… Allez, tout ça va dans le bon sens, plus que je ne le pensais. Oui ?

— … Je… non… rien…

— Bien. À plus tard…

Il fait peur… J'ai peur… La mer est forte… Besoin de la mer… Je reste… longtemps regarder… la mer… Je suis… sur la mer. Bateau ? Sûrement… Les mots cachés… Je dois chercher… lutter… c'est ça, lutter ! Vivre mieux. Il a… que les mots pour vivre ! C'est ça !

TEMPS 6

— Encore un petit effort, monsieur Pierre… Prenez appui sur la béquille… et hop ! Lancez votre pied en avant… C'est ça… Encore…

— Je… ne peux pas…

— Si, si. Il le faut. Allez ! Voilà…

— C'est dur…

— Oui, mais vous allez y arriver… Je sais que vous pouvez le faire… Bravo ! Vous voyez !

— Tellement fatigué…

— Vous vous souvenez, la semaine dernière quand on a commencé ?

— Oui…

— Alors, c'est le jour et la nuit avec aujourd'hui ! Non ?

— Si…

— Je vous ramène dans votre chambre. Marie va vous faire déjeuner.

*

— Marie, ma belle Marie…

— Vous pouvez maintenant manger avec votre main gauche ! Vraiment étonnant !

— Pour vous… plaisir ! Pourquoi… vous pleurez ?

— Excusez-moi, monsieur Pierre. Merci de votre affection…

— Chagrin… famille ?

— Non… Si…

— Seule ?

— Oui… J'ai perdu mes parents quand j'avais douze ans… Au Sénégal…

— Le Sénégal ?

— En Afrique.

— Ah, oui… J'ai perdu mère… aussi. Ma belle-mère… gentille… comme vous… mais vous…

— Oui ?

— C'est pas pareil ! Ça vous fait rire ?

— Oui… Je suis fière de vous apporter un peu de réconfort.

— Vous donnez beaucoup.

— Tant mieux ! Une petite sieste ? Jean-Jacques a dû vous malmener !

— Oui… je dormirai… Jean-Jacques se fatigue aussi pour moi.

— C'est un très bon kiné. Il va vous faire remarcher. À tout à l'heure…

— La main…

— Dormez bien, monsieur Pierre.

— Pas monsieur…

— D'accord. Mais seulement quand on est tous les deux… Dormez bien, Pierre.

Des images flottent. Pas possible de dire quelque chose. Qui sont ces gens ? Tellement de tableaux ensemble…

depuis longtemps. C'est la pagaille… Marie… mon espoir. Et celle-là ? Qui est-ce ? Elle m'a fait mal, je sais… C'est pour ça que… que quoi ? On était tous à boire. Ils riaient mais moi… je faisais semblant. Je ne ferai plus jamais semblant. Tiens, le brouillard se dégage… la lumière est belle… C'est plus léger… le bruit des vagues… Ça sent bon… comme Marie… L'air tourne autour de moi… monte… monte… monte…

TEMPS 7

— Para… ?

— … cétamol !

— Si vous voulez, mais je pensais à parapluie.

— … pluie…

— L'essentiel est que le vocabulaire vous revienne. On essaie des phrases maintenant. Il fait beau aujourd'hui. Répétez après moi.

— Il… fait beau…

— … aujourd…

— … d'hui ! Pourquoi… je rate ?

— C'est normal, ne vous énervez pas. Il faut remettre la mécanique en marche. Vous êtes sur la bonne voie… Alors : j'aime regarder la mer… Le ciel aussi…

— Marie aussi…

— Oui, je m'en doute, mais ce n'est pas ce que je vous ai demandé. Allez…

— J'aime… regarder la mer.

— Très bien. Le…

— Le ciel… aussi… Plein de mots… sont… cachés…

— C’est…

— … et ils arrivent… tout seuls…

— Vous pouvez m’expliquer ?

— Dur… Je pense… des gens… des endroits… pas de noms… Des mots arrivent… pas les bons… je sais, pas les bons… je cherche… terrible !

— Monsieur Pierre, calmez-vous. Écoutez-moi bien. Vous revenez de très loin, un long voyage… Vous avez quitté un endroit désert, sans mots, sans logique, sans communication. Et là, nous sommes en train de discuter tous les deux. C’est extraordinaire, vous comprenez ?

— Pas tout…

— Bien sûr, il faut du temps et il n’y a que trois semaines de passées depuis notre première séance. Je suis très satisfaite de votre évolution.

— Je suis… foutu…

— Pas du tout ! Vous voulez bien me faire confiance ?

— Confiance ?

— Croire ce que je vous dis…

— Je ne sais pas…

— Vous êtes fatigué. Je vais vous…

— Pourquoi fatigué ?

— Parce que dans votre cas, l’effort intellectuel est plus fatigant que l’effort physique.

— Je veux voir… Marie… La sonnette…

— Vous parlez bien quand vous voulez ! À demain, monsieur Pierre.

*

— Ah, Marie, je peux te dire un mot ?

— Oui, bien sûr.

— Pierre Le Paugam est en net progrès, mais il est dans une phase dépressive, ce qui n'est pas surprenant. Il s'est attaché à toi, ce qui est assez normal aussi. Il faut, si tu veux bien, lui parler beaucoup, assez lentement. Raconte-lui tout ce qui te passe par la tête, mais pour le moment calme-le, fais-le rire si tu peux. Contrôle bien son sommeil. Malgré la position sociale de ses parents, ce n'est pas le patron qui va s'en soucier. D'accord ?

— Promis.

— Et puis… tu as eu des patients plus moches, non ?

— Arrête ! Tu vas me faire rougir !

— Je voudrais bien voir ça !

*

— Monsieur Pierre… Pierre, vous avez besoin de quoi ?

— De… de vous…

— Ah ! Qu'est-ce qui ne va pas ?

— Tout… moi… La main…

— Voilà… Qu'est-ce que c'est que ces grands yeux tristes ? Faites-moi un beau sourire, tout de suite, avant que je me fâche ! C'est ça…

— Près de moi…

— Euh… pas longtemps, j'ai du travail…

— Quand je rentre… dans vos yeux… l'espace est… grand…

— Bientôt l'espace sera encore plus grand, quand vous sortirez. Vous irez sur votre bateau, vous voyagerez, vous retrouverez tout ce que vous aimez. Quand j'étais petite, dans mon pays, j'habitais dans un village de pêcheurs au bord d'une plage. Je voyais les grandes pirogues colorées partir pour…

Marie est un rêve… Elle est belle… forte… me fait du bien… connais pas son pays… Cap Skirring? Le Sénégal? Tout est en tas dans ma tête. Des murs sans fenêtres… une prison dans mon crâne… Je dois tout ranger… retrouver… élargir… C'est ça: élargir vers la lumière. Marie est ma lumière vers l'extérieur. Avant elle… qui? La douleur… Il y a plein de choses… Ah, c'est bien ça; il y a plein de choses… Je devine, je vois des images déformées, sans nom. Ça tourne, ça ondule, ça monte… Quand un bâtiment s'écroule apparaissent ses structures métalliques. Tiens… une phrase complète… Il faut enlever les décombres. Rebâtir. Ces horribles guerres… les immeubles éventrés avec les pauvres accessoires de vie exposés au vent…

— Monsieur Pierre? Pierre! Où étiez-vous? Vous ne m'écoutez plus… Je dois vous laisser.

— Oui. Ma belle Marie…

— Je reviens vite. C'est défendu de rêver à des choses tristes. Promis?

— Comment… vous savez?

— Parce que je suis une sorcière! À tout à l'heure.

— Vous riez! C'est le soleil qui se lève!

— Oh! Et poète avec ça!

TEMPS 8

— Penchez-vous un peu plus… Voilà. Soulevez le déambulateur… posez-le un peu plus loin… C'est ça… Faites un pas en avant… N'ayez pas peur, je vous tiens.

— Je voudrais…

— Oui ?

— Non, rien.

— Mais si, dites.

— Sortir…

— Très bien. On va aller dans la cour. Le fauteuil roulant… et hop ! En route… Levez-vous… Appuyez-vous sur mon bras… Allez !

— Je ne vais pas… pouvoir.

— Si ! C'est votre appréhension qui vous bloque… Voilà, formidable ! Vous voyez !

— Oui… C'est une volonté… énorme.

— Je sais. Écoutez, monsieur Le Paugam, des patients, j'en vois toute l'année. Par expérience, je peux vous dire que vous vous en sortirez. C'est long, c'est pénible, mais vous guérirez. Je vous le garantis. Et on est là pour ça… Pour vous aider à gagner !

— Contre qui ? Moi ?

— Non, contre votre handicap ! C'est bien, vous retrouvez le sens de l'humour…

— Eh ! Saleté !

— Ah, elle ne vous a pas raté la mouette ! Non, laissez. Je vais vous nettoyer…

— Elle ne m'aime pas non plus…

— Pourquoi ? Il y a des gens qui vous détestent ? Mais, vous parlez de mieux en mieux ! C'est extraordinaire. En un mois !

… *« Vous parlez de mieux en mieux. » Ils n'arrêtent pas de me répéter la même phrase… Répéter… Par gentillesse. Les mots reviennent… Oui… Pas les souvenirs. Je voudrais tant savoir… avant… avant le trou noir… Si, maman. Maman est dans ma tête, mon cœur. Elle est partie… J'avais quel âge ? Jeune, c'est certain. Je travaillais ? Non, j'étudiais ! Oui, c'est ça ! J'étudiais à l'École des Beaux-Arts… Oui, oui, oui !*

— Qu'est-ce qui vous amuse, monsieur Le Paugam ?

— J'ai trouvé… Mon premier souvenir !

*

— Des calissons d'Aix pour ta gourmandise, des journaux pour te connecter avec l'actualité, et un roman amusant de Barbara Constantine. Tu progresses en lecture ?

— Pas beaucoup… J'arrête à quelques lignes.

— Mais tu déchiffres les phrases ?

— Oui… c'est… usant…

— Je sais, mon chéri. Mais tu vas tellement mieux ! J'ai eu très peur. Avec ce qui t'est arrivé, chaque mot, chaque geste est une victoire !

— Oui, tout le monde me dit ça. Mais je ne suis pas... guéri.

— Dans pas...

— Quand tu as... marié papa ?

— Ah... Tu venais d'avoir ton diplôme d'architecte DPLG [3]. J'ai insisté pour que tu viennes à notre mariage. Tu refusais de voir ton père que tu rendais responsable de la mort de ta mère. Tu te souviens ?

— Non... Enfin, que maman soit partie, oui...

— Je peux t'assurer que ton père a été détruit par l'absence de Caroline. Et il n'a pas été un mari détestable au point de lui provoquer un cancer. D'ailleurs, ton père est un homme rare et nous nous aimons beaucoup. Cela fait douze ans que nous vivons ensemble. Vous êtes dotés de deux caractères entiers mais totalement différents. Vous ne faites aucun effort, ni l'un ni l'autre, pour vous accepter.

— Ah ? J'aimerais voir... papa...

— Vraiment ? J'en suis ravie.

— Je ne sais pas... quelle tête il a...

— La tienne, avec vingt-cinq ans de plus.

— Il est où ?

— Toujours en Côte d'Ivoire.

— Je demande toujours les mêmes choses ?

— Oui. Ce n'est pas grave.

— Si, c'est grave... Je déraille... rien ne tient debout... Rien ne reste... sauf...

— Sauf ?

---

3. Diplômé par le Gouvernement.

— L'amour, l'amitié… pour maman, toi, Marie…
— Marie, ton infirmière ?
— Oui… elle me donne tellement…
— J'en suis heureuse pour toi.
— « L'univers ne sert pas à grand-chose, sinon à abriter ceux qu'on aime. »
— Comment ? C'est incroyable ce que tu dis !
— Ce n'est pas de moi… C'est une citation de… de… Sais plus…
— Insensé ! Tu te souviens de ça, alors que tu ne sais pas où est…
— Oui, tu vois, c'est… c'est…
— Ne pleure pas, mon grand fils. Je suis près de toi. Je t'aime très fort. La vie m'a donné un enfant tout fait. Je n'ai pas souffert en maternité… Enfin, c'est plutôt Caroline qui t'a confié à moi… N'aie pas peur… On ne t'abandonnera pas…

… Des notes dans ma tête… un piano… C'est beau… simple… Je connais bien…

*

— Alors, il paraît que vous êtes en pleine forme ?
— Bonjour, docteur… Bonjour, monsieur.
— Tout mon personnel est d'accord : votre évolution est positive. Les troubles résiduels sont dus aux vasospasmes, phénomènes classiques. On vous a traité par embolisation, ce qui a été efficace. D'après vos dernières IRM, une intervention chirurgicale supplémentaire ne sera pas nécessaire. Mais on vous garde encore…
— La précontrainte renforce la structure, la force de tension appliquée aux câbles permet

de bien supporter la charge… la résistance est spectaculaire…

— Vous vous fichez de moi ! C'est bon signe. Quant à votre langage, non seulement la mémoire vous revient, mais vous parlez correctement. Bravo !

— Non… Je citais un bout de mon cours technique. Ça vient comme ça, sans prévenir…

— L'essentiel est que ça vienne. Claude, tu continues son traitement. On verra dans huit jours, après les analyses.

— Bien, patron.

— Claude est mon nouvel interne. C'est lui qui va vous surveiller maintenant. Bonne journée, monsieur Le Paugam.

Il sort comme si… je n'existe plus. Le Claude me jette un coup d'œil. Il est… je ne sais pas… Je devine les femmes… pas les hommes… Un peu. J'en sais rien. Il me fait un signe de tête… tête de con !

*

— Bonjour, Pierre !

— Oh, ma belle Marie !

— On va faire une grande toilette, pour être tout beau, tout propre.

— Vous m'aidez pour… la douche… Je vais faire tout seul…

— Non, c'est encore trop risqué. Vous savez, des hommes tout nus, j'en ai vu beaucoup. Ça ne me gêne pas.

— Moi, si. Parce que…

— Parce que quoi, Pierre ?

— Je… je veux du respect… avec vous…

— C'est très gentil, je suis touchée. Mais c'est votre intention qui compte, pas votre nudité. Et puis… vous êtes un beau garçon, bien bâti ! Alors, hein… Ça ne sera pas la première fois. Allez, venez.

— Vous voulez dire… Je ne vous dégoûte pas ?

— Oh, non ! Pourquoi ce serait le cas ?

— Il me semble… J'ai dégoûté quelqu'un…

— Votre femme, votre amie ?

— Je ne sais plus… si… je suis seul. Il n'y a que Fabienne, ma belle-mère près de moi. Et… vous…

— Mais moi, je ne suis que de passage dans votre vie. Justement pour vous aider à la retrouver comme avant votre accident… Attention, levez bien la jambe… Appuyez-vous contre la paroi.

… *Quelle douceur dans sa force ! Quelle gentillesse désintéressée ! Je suis si bien près d'elle. Elle a des mains magnifiques… de longs doigts… Sa peau noire est du velours. Cocteau disait… Cocteau ? Ah, oui ! Cocteau disait : les hommes blancs sont roses à l'extérieur et noirs dedans. Les hommes noirs sont noirs à l'extérieur et roses dedans… C'est faux… Les hommes sont parfois de couleur horrible, parfois superbes à l'intérieur. La couleur extérieure, leur peau, n'est qu'une question de… de… de… Zut, je ne trouve pas… Rien à voir avec leur intelligence ou leur bonté… Mon Dieu, sa main avec le savon me caresse… Quelle honte ! J'ai envie d'elle… elle va s'en apercevoir…*

— Pardon, Marie.

— Il n'y a pas de quoi, Pierre. C'est la nature. Venez, je vais vous sécher avec le peignoir. Attention ! Ah, vous voyez, vous avez encore besoin de moi !

… *Gymnopédies ! C'est ça ! Le beau morceau de piano qui joue dans ma tête ! C'est sobre, puissant…*

nonobstant… non : nostalgique. Un instrument, un rêve, une mélodie qui m'emporte dans un lieu sans mots… satanés mots… porteurs, véhicule chacun d'un sens, d'un fragment d'émotion… Qui traduisent la pensée humaine, une fois assemblés… Fabuleux… Dans toutes les langues… Mystérieux, les langues… Tiens, la langue de Marie, enfant…

— Vous parliez quelle langue, Marie, avant ?

— Au Sénégal ?

— Oui…

— Quand j'étais petite, je parlais en wolof… mais aussi en français qui était la langue officielle de mon pays. Maintenant, c'est l'inverse. Le wolof est devenu la langue principale. Je vous laisse dans votre fauteuil ?

— Dans le roulant, sur le balcon.

— Vous avez raison. Il fait si beau aujourd'hui, ça vous fera beaucoup de bien. Mais je vous protège avec une couverture. Vous êtes fragile…

— Marie…

— Oui ?

— Merci avec mon cœur.

— Allons, Pierre. Je ne fais que mon travail.

— Non.

— Comment ça : non ?

— Venez mettre votre joue contre la mienne. J'ai… une chose à confier.

— Je vous écoute.

— Vous êtes une femme merveilleuse. Je suis heureux près de vous…

— Pierre, vous êtes en état de faiblesse et il est normal que vous vous accrochiez à moi. Mais… je ne suis pas une femme pour vous… Votre monde, hélas, n'est pas le mien. Quand vous sortirez d'ici…

… Je n'écoute plus. Je contemple la mer et le bruit de ses paroles se mélange au rythme de blues des vagues. Je danse sur cette immensité familière… La… la quoi ? La Bretagne ! Mais oui ! Je suis breton. Et Paris ? L'École des Beaux-Arts !

— À tout à l'heure pour le déjeuner.

Je lui prends la main et nous échangeons un long regard. Je lis des choses au fond de ses yeux qui me propulsent vers un univers… « lequel sert à abriter ceux qu'on aime ».

TEMPS 9

— Notre ami, le professeur Mallard, que tu as sûrement rencontré à la maison, est venu à titre amical pour évaluer ton état. Tu es d'accord ?

— Euh... oui... Bonjour, professeur.

— Bonjour, Pierre. Il est normal que vous ne vous souveniez pas de moi. Nous ne nous sommes vus qu'une ou deux fois... Je suis neuropsychiatre.

— Votre visage ne m'est pas inconnu...

— C'est vrai ? Tant mieux. Fabienne me tient régulièrement au courant de votre évolution. Je pense pouvoir estimer, d'après ses dires, que vous êtes en bonne voie de guérison.

— Je voudrais bien... je n'en suis pas certain.

— Pouvez-vous m'expliquer pourquoi ?

— J'ai des trous... je cherche des mots... des souvenirs... J'ai des sensations bizarres... inconnues... Ma tête est enfermée...

— Enfermée ?

— Oui, en prison. Les murs sont très rapprochés...

— Cette impression ne change pas par moments ?

— Si… un peu… Je suis infirme…

— Vous parlez de votre motricité ?

— Comment ?

— Vous ne marchez pas bien, et votre bras gauche est déficient ?

— C'est ça… je suis une épave…

— Provisoirement, Pierre, provisoirement. Par l'intermédiaire de Fabienne, j'ai demandé à l'équipe médicale de la clinique de ne pas vous faire la moindre allusion à votre vie avant l'accident, afin de le faire moi-même.

— Accident vasculaire cérébral…

— Exact. Votre structure mentale me semble réparée en grande partie. Les manques vont se combler petit à petit. Si vous en êtes d'accord, Fabienne, je voudrais expliquer à votre fils les raisons techniques de ce qui lui est arrivé.

— Bien sûr, Philippe. J'ai toute confiance en vous. Tu veux bien, Pierre ?

— Oui… Je suis curieux…

— Parfait… Sur le plan physique, vous étiez très surmené. Votre premier gros chantier, en tant qu'architecte, vous a accaparé à tel point que vous ne dormiez plus assez.

— Chantier de quoi ?

— On en parlera plus tard. Est venue se greffer sur cet état une déception amoureuse grave.

— Ah, c'est ça !

— C'est-à-dire ?

— Un poids sur la poitrine. Une douleur qui donne envie de… de mourir. Il y a Marie maintenant.

— Qui est Marie ?

— Une femme extraordinaire, qui soigne.
— Votre infirmière…
— Oh, non, c'est plus que ça…
— Excellent, vous nous raconterez ce que vous ressentez. Donc, la compagne avec qui vous viviez depuis quatre ans vous quitte brutalement. Vous vous mettez à boire déraisonnablement, la joyeuse bande de vos amis n'arrange rien, et vous augmentez votre dose de tabac. Un paquet et demi, sinon deux par jour. Vous fabriquez vous-même la bombe qui a explosé dans votre tête.
— J'ai vécu tout ça ?
— Oui. Quelques visages vous reviennent ?
— Vaguement… Je m'en fous…
— Votre passé ne vous intéresse pas ?
— Euh… non. Je n'ai pas envie de fumer…
— Heureusement ! Et votre métier, vous vous en souvenez ?
— Des disputes… des réunions idiotes… pour rien… du béton à la place des arbres… Tout est toujours trop… cher… flou…
— Vous ne vous souvenez pas de vos plans ? De votre création ?
— Non… Comment s'appelait la femme… avec moi ?
— Edwige… Tu vivais avec elle dans l'appart…
— Ah ! Plus de douleur, c'est bien.
— Très bien, même. Alors, Marie vous…
— Je suis fatigué… Je pars écouter *Gymnopédies*…
— Où ça, mon chéri ?
— Là, devant, sur la mer.
— On va vous laisser, Pierre. Content de vous avoir vu. Et rassuré aussi…

TEMPS 10

Allez, avance, pauvre type! La gauche… la droite… Appuie… redresse… lance… la gauche… la droite… Tourne maintenant… Oh, là, là! Ça débloque… On ne se rend pas compte… Se réveiller, le café, la douche, marcher, conduire, travailler, s'amuser, faire l'amour… vivre… tout ça avec un corps qui fonctionne bien… qui fait ce que la tête lui dit de faire, sans rechigner… sans gêne ni souffrance… Saloperie… avance!

— Je peux vous laisser aller jusqu'au bout du couloir?

— Oui… Merci, Jean-Jacques.

— N'essayez pas de forcer… Arrêtez-vous si ça ne va pas. Je reviens tout de suite.

Je fais ce que je veux… Je veux beaucoup. Elle est grande cette clinique… plein de portes… avec des numéros… Sûrement des chambres… mais là, pas de vue sur la mer! Il n'y a que… Tiens, la porte est entrouverte… Pas beaucoup de lumière. Qu'est-ce que…

Mon Dieu ! Quelle horreur ! Pauvre gosse… Des tuyaux partout… la tête dans un casque de pansement… Quel âge peut-il avoir ? Quinze ans, seize ans ? Que lui est-il arrivé ? Terrible de voir ça… Il a l'air de…

— Ah, vous êtes là, monsieur Le Paugam. Venez. Si le médecin vous voyait, il ne serait pas content.

— Qu'est-ce que ça peut faire ?

— Vous savez bien comment il est. Il a un caractère spécial.

— Il est atteint de quoi, le gamin ?

— Accident. Une voiture l'a heurté.

— C'est grave ?

— Très. Il est dans le coma, mais je crois savoir qu'il est irrécupérable… Hop ! Attention quand vous tournez… Ça va ?

— Oui, oui… J'ai la tête qui balance…

— Vous avez des vertiges ?

— Un peu…

— Je vais chercher le fauteuil roulant.

— Non, je vais continuer… avec vous.

— C'est bien. Vous avez de la volonté.

— Je ne sais pas… Je voudrais aller sur la mer…

— Si vous progressez comme en ce moment, ce sera dans pas longtemps…

— Vous dites ça pour me donner de l'espoir… La vie est moche. Le jeune homme n'a rien fait pour être autant puni…

— Vous avez raison, mais tous les jours il se produit des milliers d'accidents injustes qui frappent des innocents. Que pouvez-vous y faire ? Il me semble important que vous vous occupiez du seul cas pour lequel vous pouvez intervenir : vous ! Et vous devez le faire afin que le travail de l'équipe médicale serve à quelque chose, et que votre famille vous retrouve en bon état. Vous ne croyez pas ? Si ?

— … Je donnerai bien ma place au gamin…

— C'est une belle pensée, monsieur Le Paugam. Je sais que vous êtes dans un moment de découragement. Ça va passer… Tiens, Marie, je te rends ton locataire !

— Il a bien marché ?

« Il » a marché… « il » a vu une chose horrible… « il » est découragé… « il » en a assez de lui-même.

— À demain, monsieur Le Paugam. Ne démotivez pas Marie !

— Non, Marie c'est…

— Un petit jus de fruit, Pierre ?

— Oui, merci. Oh ! C'est vous qui avez apporté ça ?

— J'ai pensé que vous aimeriez un petit bouquet de jonquilles sur votre table de nuit. Ce sera le printemps dans peu de temps.

— Marie… Marie… Je… je ne suis bien que près de vous…

— Voulez-vous me faire plaisir ?

— Tout ce que vous voudrez…

— Alors, vous allez vous battre tous les jours pour redevenir ce que vous étiez. Et je serai fière de vous. D'accord ?

— Moi, je serai fier de vous présenter à… à… tout le monde !

— Ne dites pas de bêtises !

— Oui, riez, riez encore, j'aime tellement entendre et voir votre rire qui illumine tout.

— Reposez-vous avant le déjeuner.

— Si je guéris, si je sors d'ici, vous viendrez avec moi ?

— Mais, Pierre, voyons, ce n'est pas…
— Ne dites pas non, je vous en supplie…
— Rétablissez-vous d'abord, on verra ensuite.
— Donnez-moi votre main…

TEMPS 11

— Et c'est ton ami, René Beauvin, qui a repris le chantier. Tout va bien. D'ailleurs il va venir te voir.

— J'aimerais mieux qu'il ne vienne pas.

— Pourquoi ?

— Je ne me souviens pas de lui et je ne veux pas retrouver ma vie d'avant… Sauf la mer. Et… toi… Tu es belle, Fabienne.

— Merci, Pierre. Tu ne me l'as jamais dit.

— Belle aussi à l'intérieur. Je te vois par tes yeux. Mon père a beaucoup de chance de vivre avec toi.

— Je le lui dirai. Nous nous sommes parlé au téléphone hier soir. Je l'ai rassuré sur ton état. Il t'embrasse.

— Mais… il ne m'a jamais embrassé !

— Si ! Tu as oublié, mais il t'a embrassé, j'en suis témoin.

— Ah… sans amour alors.

— Comment peux-tu ? Ce serait plutôt de ta part que l'affection à son égard reste bloquée. Vous devez recommencer à vous parler, essayer de vous comprendre…

— Nous amuser aussi… Il ne rit pas.

— Plus ! Avec toi, il n'a eu que des querelles stupides récemment.

— Il faut que je le voie. J'ai perdu son visage.

— Il va venir bientôt. Tu as mémorisé où il travaille ?

— Non. Qu'est-ce qu'il fait ?

— Il est chargé de l'installation des télécommunications en Côte d'Ivoire, en tant que conseil missionné par le Gouvernement.

— Je… je ne comprends pas ce qu'il fait…

— Il t'expliquera lui-même.

— J'ai un bateau ?

— Oh oui, un très beau vieux bateau… Un requin.

— Ah… il est assez grand, hein ?

— Oui. Tu le manœuvres parfaitement. Depuis tes dix-huit ans. C'est un cadeau de ton père justement.

— Quand je sortirai, j'emmènerai Marie naviguer.

— Tu l'aimes bien Marie !

— Je l'aime tout court. Tu serais fière d'elle si elle venait avec moi ?

— Mais… oui ! Encore faut-il savoir si elle veut bien… si elle partage tes sentiments ! Ne sois pas impatient. Tu dois d'abord guérir.

— Je le lui ai promis…

*

— C'est très étrange, docteur. Son caractère a changé. Ce n'est plus le même homme.

— Ce sont des choses qui se produisent après ce genre d'avatar. Ce n'est pas forcément systématique. Je me souviens d'un artiste peintre dont les œuvres ont changé de style après son AVC. Il s'est même servi de son autre main pour exécuter ses tableaux.

— Ce qui m'inquiète est sa façon de sauter du coq à l'âne. Il change brusquement de sujet.

— Je crois, et c'est normal, que vous ne mesurez pas bien à quel point il est revenu dans notre monde. Il fait partie des vingt pour cent qui vont retrouver une vie correcte. C'est déjà exceptionnel.

— Et sur le plan moteur ?

— Il est probable qu'il traîne toute sa vie un handicap. Mais il est encore trop tôt pour être formel.

— Il progresse toujours ?

— Oui. Mon équipe est compétente. Les rapports avec votre beau-fils sont excellents.

— J'ai l'impression qu'il s'est beaucoup attaché à Marie, son infirmière.

— Qui ne serait pas séduit par Marie ? Sa présence est rassurante. Pour nos patients c'est essentiel.

— Quand pouvons-nous prévoir la sortie de Pierre ?

— Je ne peux pas vous dire précisément. Ce sera possible dès qu'il marchera plus aisément.

TEMPS 12

« La mer est ton miroir. Tu contemples ton âme dans le déroulement infini de sa lame »... *Qui a dit ça ? Ou écrit ?*

Elle est en colère aujourd'hui, la mer... Comme moi... Mon âme se révolte. J'aimerais m'écraser sur la plage comme cette vague impétueuse, et disparaître en milliers de gouttes absorbées par le sable... À quoi sert ma vie ? Je suis inutile... Comme ces milliers d'êtres qui viennent sur terre sans savoir pourquoi... Qui ne se posent même pas la question d'ailleurs... Je nais, j'arrive... à l'école... au travail... à la famille... à la retraite... à la tombe...

Allez ! Debout, crétin... Non, je ne peux... Si ! Ça y est ! Holà ! Ça tourne... Mon déhancheur... mon déambulateur... En route ! Si je me vautre dans les couloirs, il y aura toujours quelqu'un pour me ramasser... Non, je dois faire attention pour montrer à Marie que je suis capable de me débrouiller seul. Personne en vue. Ce doit être l'heure du déjeuner pour le personnel soignant. Tiens, je vais voir le pauvre adolescent… Sa chambre est dans une pénombre bleutée. Les lumières des appareils créent une ambiance un peu fantastique, l'illusion entre la vie et la mort. Mais… il a les yeux ouverts ! De grands yeux bruns bordés de cils veloutés… Tu m'entends ? Non ? Quoi ! Il me suit des yeux quand je passe au bout du lit ! Incroyable ! Il est sorti du coma ! Enfin, je crois… Accroche-toi, mon bonhomme… Hors de question que tu partes. Il y a plein de belles choses qui t'attendent… D'abord, tu ne peux pas laisser tes parents. Ce serait trop dur pour eux… Et puis ta copine ! Un beau garçon comme toi a forcément une tendre amie… Hein ? Si tu n'en as pas, tu ne peux pas partir sans connaître l'amour. Pas possible… C'est ça, regarde-moi bien… Si tu veux, je viendrai te faire la causette… Ah ! Tu fermes les yeux… Tu es fatigué… Je sais ce que c'est. Repose-toi, je reviendrai…

Quand je pense à ces abrutis qui ressassent « C'est pas beau de vieillir » ! Vous avez déjà songé à tous ces enfants qui se sont vus mourir de maladie, d'accident, de guerre et qui n'avaient qu'un seul désir : vieillir ? Même les adultes dans ces cas-là ont cette envie. Alors votre stupide rengaine… Qu'est-ce que ? Bizarre ce bruit-là ! Ce n'est pas une chambre… Pas de numéro… Appui progressif sur la poignée… entrebâillement imperceptible… Une blouse blanche sur un pantalon bleu… qui bouge par saccades… des jambes noires dénudées qui accompagnent le mouvement… et… Marie appuyée sur une table qui se laisse baiser par le médecin-chef avec, sur son visage aux yeux clos, un plaisir évident. Nom de Dieu ! Ah, je tombe… je rate… je…

— Pierre ! Pierre ! Je sais que vous m'entendez... Regardez-moi, s'il vous plaît.

— Non...

— Pierre, vous vous êtes fracturé la clavicule. Vous retardez votre rétablissement d'au moins deux mois !

— M'en fous...

— Ne soyez pas... Ne faites pas l'enfant, ça ne sert à rien.

— Laissez-moi, je n'ai rien à vous dire.

— Moi, j'ai quelque chose à vous dire. Ma vie privée ne vous concerne pas. Je fais ce que je veux, et n'ai de comptes à rendre à quiconque. Vous m'avez surprise avec Bertrand, je le regrette, mais c'est mon droit de faire... de décider si j'accepte ou non ce genre de rapport.

— Je vous déteste...

— Mais quel... Allons, ne pleurez pas...

— Ne... ne... m'approchez pas...

— Vous êtes insensé, Pierre ! Nous ne sommes pas mariés ni même... ensemble, et vous me faites une crise de jalousie ! Avez-vous perdu... J'allais me justifier... Je n'ai pas à le faire.

— Faites ce que vous voulez. Je veux mourir...

— Mais moi, je ne le veux pas ! Regardez-moi ! Vous connaissez le sort d'une adolescente au Sénégal ? Une jeune fille qui rêve de liberté, de découvrir le monde ? Et qui vient de perdre ses parents ? Avez-vous une idée de ce qui l'attend ? Ne me jouez pas la comédie, je sais que vous m'écoutez... Dans un premier temps, les grands-parents, quand ils sont encore en vie, les oncles ou les tantes s'occupent d'elle, s'ils le veulent bien. Il est question de l'exciser, comme le veut la tradition, d'arranger un mariage sans son consentement, au mieux des intérêts de tout le monde, y compris le fait de ne plus avoir à nourrir une bouche supplémentaire. Et moi, j'ai refusé violemment tout ça. J'étais une bonne élève et mon instituteur a pris ma défense, aidé miraculeusement par le chef de notre ville dont il était parent. Après mon bac, je suis entrée dans une école d'infirmières. Une fois diplômée, j'ai intégré l'hôpital. Et pendant tout ce temps, les hommes m'ont harcelée sans répit. Il m'est arrivé… Non, je n'ai pas à vous le raconter… Simplement, quand Bertrand est venu en séminaire dans notre établissement, il a été d'une grande délicatesse avec moi. Ou d'une grande habileté, si vous préférez. En tout cas, grâce à ses relations, une fois que j'ai été embauchée ici, il m'a obtenu un permis de travail ainsi qu'un permis de séjour permanent. Bien évidemment, il m'a fait la cour et je lui ai cédé. Heureusement sans illusion car il a eu l'honnêteté, et c'est bien la seule, de m'avertir que nous n'aurions jamais une vie commune, ce que d'ailleurs je n'espérais pas. Il a changé depuis ces années-là. Il est devenu dur, plus égoïste, et plus indifférent à mon égard. D'où le chagrin que j'ai eu la sottise de vous montrer. Il n'en reste pas moins que j'ai un emploi qui me plaît, et une situation inespérée au Sénégal. La Bretagne et les quelques amis que j'ai rencontrés m'offrent un cadre de vie dont je suis heureuse. Voilà mon histoire, Pierre. Et je veux que vous la respectiez… Vous… vous devez vivre… Si vous avez des sentiments pour moi…

— La main…

— … combattez pour guérir, pour retrouver une belle vie…

— Avec vous !

— Déjà, on peut dire que vous avez de l'obstination ! Tâchez d'en avoir autant pour vous-même !

— Pardon… Marie.

Elle a essuyé doucement mes larmes et déposé un léger baiser sur mes lèvres. Une onde de choc a parcouru tous ces milliards d'atomes qui constituent mon être. Je remonte des profondeurs vers la surface, avec l'impression d'avoir reçu une leçon… Je suis devenu bien vulnérable.

TEMPS 13

« Parlez-moi d'amour, redites-moi... » *Je me réveille avec cette... chanson dans un endroit ignoré de ma tête. Qui fredonnait ça ? Grand-mère ? Probablement... Je ne vois pas son visage, mais je ressens encore sa tendresse. Il y a eu une pléthore de gens avant moi pour me donner la vie. J'aimerais bien les connaître. Il y a un nom pour ça... Impossible de remettre une molécule de mémoire pour le trouver.* « Votre beau discours, mon cœur n'est pas las de l'entendre »... *Je m'en fous ! Ce n'est pas ça que je cherche... Me suis-je déjà posé la question de savoir ce qu'est l'amour ? Non. Je l'ai ressenti douloureusement, mais je ne l'ai pas défini. Il doit y avoir autant de définitions que d'hommes, de Chateau... Chateaubriand à... à... Maurice Genevoix, en passant par... François Villon. Tiens, des noms ressurgissent, presque spontanément. Pourtant je ressens des manques... abyssaux. Tout ça parce que je n'ai pas su prendre soin de ma fabuleuse machine. Elle est toutefois une merveille de...*

de… tellement complexe… Personne, ou peu de gens, s'en étonne. Voilà, c'est comme ça. Vivons, notre corps fera le reste… Marie ! Le corps de Marie ! Je le devine, je le hume, je me glisse dans sa blouse blanche et j'explore chaque millimètre de sa peau soyeuse. Quel chef-d'œuvre d'harmonie ! Sculptée par des muscles souples et puissants, elle vole sur le sol, laissant derrière elle une subtile fragrance de sensualité parfumée. Sa nudité doit être une perfection. Les danseuses et certaines sportives approchent cet état. Et surtout sa présence remplace petit à petit cette étrange souffrance qui a contribué à mon… à mon quoi ? Accident ? Malmené, mon moteur a eu… je ne sais pas. Si, un AVC, panne biologique équivalente à… à la rupture d'une courroie de distribution ? Pourquoi pas… La souffrance de l'amour… Elle est réapparue avec son histoire. Je ne supporte pas la vision de Marie faisant l'amour avec ce… ce médecin que je ne supporte pas non plus. Je ne supporte pas… quoi ? Qu'elle soit avec un autre que moi ? C'est ça, crétin ! Bats-toi, imbécile, pour la conquérir. L'autre a bien réussi… Oui, mais moi, je veux tout : son cœur et sa beauté. « Si vous avez des sentiments pour moi »… Ce ne sont pas des sentiments : c'est une éruption volcanique ! Allez, debout ! Avec un bras… Quelle acrobatie ! Si je me casse le bras valide, je serai bon pour le musée de l'Homme, en tant que momie ! Flûte, impossible de marcher, j'ai trop peur de tomber.

— Bonjour, Pierre ! Oh, vous vous êtes levé ! Ce n'est pas prudent !

— C'est vrai, Marie, mais je dois bouger !

— Prenez votre petit-déjeuner. Jean-Jacques s'occupera de vous ensuite.

— J'aimerais que vous me trouviez une béquille, et faire quelques pas avec vous…

— Je ne peux pas le matin. Vous savez bien que j'ai beaucoup de travail. Plus tard, on verra. Prenez des forces, je reviens pour votre toilette. Ça va aller pour saisir votre tasse ?

— Oui. Je suis bien tombé… sur mon bras handicapé… Youpi !

— On est de très bonne humeur, il me semble !

— Normal ! « On » a rêvé de vous !

« *Je fais souvent ce rêve étrange et pénétrant*
D'une femme inconnue, et que j'aime et qui m'aime
Et qui n'est chaque fois ni tout à fait la même
Ni tout à fait une autre, et m'aime et me comprend. »

Elle reste étonnée, la main sur la poignée de la porte.

— Je ne sais pas si c'est un poème de vous ou d'un autre, mais c'est superbe. Surtout, c'est la preuve que votre esprit a repris sa maîtrise.

— C'est grâce à vous, Marie.

Elle me regarde, émue, avant de sortir.

Et moi, avec mon pote Verlaine, on danse de joie… avec prudence, quand même. Donc, j'aime la poésie. Enfin, peut-être. C'est sorti d'un coup… je ne l'ai pas voulu. Je n'essaie pas de me plonger dans la confusion de ma vie « d'avant ». Ça ne m'intéresse pas. Pourtant, un jour il me faudra travailler à nouveau… Dans l'architecture ? Pas forcément… Mes connaissances doivent être là, enfouies quelque part, avec la poésie. Faire de l'architecture poétique… Tiens, tiens… Ça peut tenir debout des bâtiments poétiques ? Hé… « *La Sagrada Familia* »… Mais oui ! La plus grandiose cathédrale poétique du monde !

Où ça déjà ? Ça va me revenir… Dur de penser avec des trous… C'est beau de bâtir… construire… Quelle horreur ces images d'immeubles écroulés, ces entrailles de maisons exposées à l'indécence des regards blasés d'atrocité ! Les guerres produisent des ruines personnifiant la bêtise absolue. Démolir, casser, saccager… quoi de plus stupide ? Pourquoi ces errements sont-ils incrustés dans nos… nos… gènes ? Insensées les motivations ! La colère, la révolte, la soif de pouvoir, la religion… Le faible dévoré par le plus fort… Même les animaux subissent cette loi abjecte. Leurs défenseurs s'indignent avec juste raison des souffrances que les humains leur infligent, mais personne ne s'offusque qu'une antilope soit mangée, encore vivante, par un prédateur…

Zut, j'ai renversé du café sur mon drap.

… Ah, la, la, bon sang, de bon sang… Ça me rappelle une nuit de charrette pendant laquelle j'avais répandu de l'encre de Chine sur un plan qui devait être déposé à neuf heures à l'administration. On a passé le reste de la nuit à gratter la tache avec une lame de rasoir…

— Oh ! Mais on a fait des bêtises !

— Oui. « On est maladroit. » Physiquement et moralement…

— Ce n'est pas grave.

— Non, bien sûr. C'est déprimant.

— Allez, debout ! Direction la salle de bains.

Quel effort ! Mais quel effort ! C'est terrible de perdre ses facultés d'un seul coup ! Ma tête s'en va dans tous les sens… Il doit bien y avoir une méthode pour restructurer l'esprit. Restructurer… mais était-ce mon état avant… avant l'AVC ? Étais-je seulement cohérent dans mes raisonnements ?

Comment faire pour ne plus penser à n'importe quoi, en empilant des sujets sans relation les uns avec les autres?

— Attention, Pierre! Vous rêvez?

— Euh… oui… Pardon, Marie.

— Passez votre bras autour de mon cou. Tenez-moi bien.

Elle sourit en frottant le savon partout sur mon corps. Il n'y a pas le moindre rejet de sa part à mon encontre, j'en suis certain maintenant. Mais son attitude serait peut-être la même avec un grand-père impotent. Elle est tellement forte, équilibrée. Son énergie pénètre ma peau… Je l'imagine nue, dans la brousse, les lions, les éléphants, les zèbres marchant à ses côtés, subjugués par son aura prodigieuse.

— Comment doit être l'homme idéal pour vous?

Elle éclate de rire, ce qui me savonne de bonheur.

— Ce n'est peut-être pas le bon moment pour une question pareille!

— D'accord. Vous réfléchissez, et vous me le direz plus tard… Promis?

— Promis.

Elle me regarde avec… avec tendresse?

— Ce n'est pas une réponse facile…

— Pour moi, si…

— C'est-à-dire?

— Pour moi, la femme idéale, c'est vous!

Elle soupire et son visage se ferme.

— Vous êtes en train de vous piéger avec votre… votre affection pour moi…

— Parfait! Et je n'en… ouvrirai pas.

— Ouvrirai?

— … Sortirai…

Elle me soutient jusqu'au lit et m'habille doucement.

— Regardez-moi, Marie. S'il vous plaît…

Je plonge dans l'océan de ses yeux noirs de lumière.

— Ne soyez pas inquiète. Comme vous me l'avez demandé, je vais me battre… Vous êtes mon seul lien avec la vie. Laissez-moi une chance…

Je vois quelque chose troubler son expression. Elle finit de m'habiller, avec peut-être plus de douceur que d'habitude… Elle sort silencieusement.

Je reste avec ma marée montante de confusion. Il me semble ressasser toujours les mêmes images, les mêmes réflexions, les mêmes bouts de phrases décousues…

Allô, Monsieur Google, avez-vous un manuel pour pratiquer la méditation ? Refaire l'intérieur de la tête ? Hé ! C'est quoi ça ? Le grand livre de la vie et de la mort… Qui ? Rimpoché ? Je l'ai… lu ? Je n'en conserve qu'un relent diffus de… de… d'enfoncer des portes ouvertes… de lapalissades… Je ne peux pas me fier à des raisonnements qui me semblent approximatifs… Il faut que je lise… que je me réapproprie les mots… Ce qui a l'air de se produire dans… dans ma saloperie de cervelle… aujourd'hui.

Peut-être suffit-il de saisir un morceau de phrase solide et, comme font ces fabuleux chiens et chats habités d'un amour profond pour leurs maîtres, prospecter avec des cercles de plus en plus grands afin de croiser la bonne piste qui mène à la puissance intellectuelle pour les hommes, au havre de félicité pour les bêtes. Ah ! Il m'a fait peur… Je ne l'ai pas entendu rentrer.

— Alors, on ne fouine plus dans la clinique ?

— Euh… C'était par hasard…

— Et votre curiosité a été punie…

— Ce n'était pas…

— Si! Vous ne devez pas déambuler seul dans votre état. Vous transgressez les règles élémentaires de sécurité, ce qui engage notre responsabilité. Je voulais vous transférer dans un autre établissement mais votre père, que nous avons prévenu de vos incivilités, a insisté pour que l'on vous garde.

— Mais je…

— Donc, ne recommencez en aucun cas. Quant à ce que vous avez vu… sachez que je ne tolérerai aucun commentaire sur ce qui relève strictement de ma vie privée. M'avez-vous bien compris?

Nous restons silencieux en un antagonisme visuel. Une rage bouillonne dans mes tripes. Tandis qu'il sort, je me fais un serment.

TEMPS 14

Jean-Jacques est venu me masser les membres et nous avons ensuite fait une petite promenade. Marie m'a donné à déjeuner et l'orthophoniste s'est surpassée. Mais l'autre salopard de chef de clinique a dû dicter ses consignes vis-à-vis de moi. Ils sont distants. J'habite mon balcon avec ma colère, cherchant vainement à exprimer de la violence… avec un beau texte de préférence… Rien ne vient. Panne sèche de vocabulaire, de mémoire, de tout. C'est tellement difficile de bien s'exprimer, sans bafouiller, sans ponctuer les phrases de « euh… », « hum… » Alors si je rajoute un AVC sur une dialectique un peu hésitante, ça devient… je ne trouve pas… la… la… métaphore.

— Bonjour, mon grand chéri.

Fabienne. Son amour sincère me fait du bien. Mais je redoute son sermon pour avoir commis une imprudence.

— Tu veux bien me dire au cours de quelle circonstance tu es tombé ? J'ai la version du directeur, mais j'aimerais aussi avoir la tienne.

Je me suis juré de me venger du directeur de la clinique. Il faut assumer pour le moment cette décision. Personne ne doit la connaître, et en découle forcément un aménagement de la ou des vérités.

— C'est tout simple. J'ai surestimé mes forces en allant me promener seul dans les couloirs et, déséquilibré, j'ai chuté maladroitement.

— C'est ce qu'il m'a dit, en effet. Tu vas en être retardé pour ta sortie. Mais je constate aussi que tu t'exprimes normalement. C'est formidable !

— Si tu étais dans ma tête, tu verrais tous les trous… La mémoire ne fonctionne pas bien.

Elle me prend dans ses bras avec précaution, et pose une main sur ma nuque.

Mon père a bien de la chance de vivre avec une aussi belle femme, élégante, sensuelle, cultivée, dont le caractère doit être stable tout en étant entier. Je n'ai pas le sentiment de bien la connaître. Une fulgurance percute mes méninges. Elle m'a dit récemment : « Caroline m'a confié ta vie », ou quelque chose d'approchant. Donc ma mère, qui devait être son amie, lui a transmis la responsabilité de veiller sur moi. Et mon père ? Elle lui a dit aussi d'en faire son mari ? C'est douloureux, là, quelque part… Un manque direct. Le lien direct d'un homme normal avec celle, normale aussi, qui a créé sa vie, et lui a donné l'essentiel pour continuer : de l'amour… « Sans amour, on n'est rien du tout »… Tiens, je pense que je suis un homme normal ! Amusant…

— Le médecin-chef voulait te mettre dans un autre centre médical. Il était furieux de ton comportement. Heureusement, ton père est intervenu pour le calmer. C'est curieux quand même. Tu étais en conflit avec lui ?

— Non... Si... Il estime que, si je ne respecte pas des règles de base de sécurité, il ne veut pas en être responsable... Bon... on a mis les choses au point... Je ferai attention, je te le promets.

— C'est bien. Tu me rassures. Ta clavicule fracturée relève de la mécanique. Ce qui compte, c'est ta tête. Je ferai tout ce que je peux pour t'aider. Nous n'avons pas assez parlé ces dernières années. Il faut dire aussi que tu nous évitais.

— Tu pourrais m'apporter des jumelles, s'il te plaît ? J'ai envie de voir loin sur la mer. Ah, et puis aussi mon téléphone portable. Il doit être chez moi. Je t'appellerai en cas de... de...

— De moment de déprime.

— C'est ça. Ne dis rien à quelqu'un de la clinique, c'est interdit ici.

— C'est tellement bon de ne pas respecter les interdits ! N'est-ce pas ?

Ses yeux rieurs me communiquent sa bonne humeur. Nous trouvons plein d'idées, de sujets à échanger. Elle comble mes absences de mots avec tant d'habileté que j'éprouve la sensation d'être redevenu maître de mon langage. J'ai dû m'endormir sans m'en rendre compte car tout à coup elle n'est plus là. La lumière du jour a baissé, mais les nuages étirés en couches successives sont irradiés de couleurs surnaturelles, qui feraient honte aux peintres impressionnistes.

Après quelques coups, la porte s'ouvre et Marie entre avec mon dîner qu'elle pose sur la table roulante.

— Vous préférez rester dans votre lit, ou bien je vous installe dans votre fauteuil ?

— Je préférerais surtout que vous me regardiez.

Elle tourne la tête vers moi, et je lis de la tristesse sur son visage.

— Je sais qu'on vous a donné l'ordre de limiter nos échanges à un strict professionnalisme. Ne dites rien, mais acceptez mon… affection sincère. J'ai besoin de vous, Marie, vous le savez, et je vais progresser pour… pour… vivre avec vous. Posez ce plateau et donnez-moi la main.

Après être resté un long moment les lèvres collées au creux de sa paume, en relevant la tête, j'ai la conviction d'avoir posé le premier élément d'un édifice complexe. Et retrouvé un peu plus de… de… cohérence.

TEMPS 15

Fantastique ! Je suis au milieu de l'océan avec les jumelles que Fabienne m'a apportées. De fabrication suisse, avec des verres Zeiss. Il paraît que ce sont les miennes ! Que n'ai-je laissé derrière moi, sans en avoir conservé la moindre trace mémorielle ? Heureusement, ma belle-mère a eu l'idée d'aller fouiller dans mon bateau car elle ne les voyait nulle part chez moi. Les optiques sont assez puissantes pour distinguer ce pêcheur, la zigounette à l'air, pissant dos au vent du haut de son embarcation. L'idée saugrenue me vient de noter l'immatriculation du bateau et, ayant cherché son nom et son adresse, de lui envoyer une lettre me plaignant de son exhibition. Mon idée m'amuse au moins cinq minutes. *Et mon… mon bateau à moi ? Un quoi déjà ? En bois, ça, c'est sûr… C'est la seule certitude : l'image du pont magnifique, devant moi, assis à… l'arrière, avec la vague coupée brutalement qui vocifère en gerbes d'eau bruyantes, là-bas devant… Ça claque au-dessus de ma tête, quand la toile se tend d'un coup… par une bouffée de vent capricieux… Quel univers de grandeur, quelle beauté sans mesquinerie ! Quel danger aussi, qu'il faut affronter en s'affrontant soi-même…* Je quitte la vision au large pour examiner les abords terrestres. Mon bras valide fatigue vite. Il faudra que je demande un pied avec une tête pivotante pour poser mes jumelles. À ma gauche, vers l'est, de somptueuses maisons, dont quelques-unes anciennes, s'alignent le long de la côte, jusqu'à une avancée rocheuse importante, étrave immobile qui clôture la baie. Vers l'ouest, le grand parking de la clinique, entouré d'arbres imposants, marque une séparation avec d'abord des bâtiments dont je ne distingue pas l'usage, commercial ou d'habitation. Une portière de voiture qui s'ouvre m'offre la vue d'une paire de jambes féminines, musclées et gracieuses. Leur propriétaire, si la silhouette est en harmonie avec ses guiboles, possède, elle, une tête à claques… Une petite pause pour soulager mon bras. Je reprends, excité, cette aventure par grossissement interposé…

Un vieux claudique, accroché à une aide-soignante… Un couple bavarde en fumant une cigarette… Une ambulance apporte son lot de douleurs…

Alors que je vais cesser mon voyeurisme, une luxueuse Mercedes traverse mon champ visuel et gagne une place qui, comme ses cinq voisines, est marquée par un écriteau planté à son extrémité. Du coup le nom est caché, mais je n'ai pas à attendre pour savoir de qui il s'agit : Bertrand Lassalle. Médecin-chef, directeur de la clinique. Peut-être propriétaire. Intéressant… Avec de la patience, je vais pouvoir connaître ses habitudes, son planning… Il est quelle heure ? Quinze heures. Grâce à sa voiture, je serai averti de sa présence ou de son absence. J'ai caché provisoirement mon téléphone dans mon sac de voyage avec mes livres et deux pull-overs, sur l'étagère de la penderie. Il va falloir trouver mieux. Plus accessible. Le recharger se fera de nuit, à condition que je me réveille pour le dissimuler à nouveau. Pas facile tout ça…

— Bonjour, Pierre. Vous êtes prêt pour une excursion ?

— Avec plaisir, Jean-Jacques. Mais sans aller dehors. On peut faire les couloirs seulement ?

— Évidemment. Il y a beaucoup moins de risque ! Et pas de circulation !

— J'aimerais retourner là où je suis tombé… Je voudrais comprendre.

— Allez ! En route. Vous n'avez pas mal ?

— Non. C'est simplement gênant.

— Oui. Vous devez faire attention en pivotant à ne pas heurter quelque chose.

Ma chambre se situe au milieu du deuxième étage du bâtiment qui en compte trois. Au bout du couloir, un décrochement, abritant les cages d'ascenseurs, fait la jonction avec un autre bloc. Je note soigneusement l'organisation des lieux. Nous arrivons devant la porte du baisodrome où j'ai surpris Marie, juste avant le passage aux grandes baies vitrées.

— C'est là que je me suis répandu…

— Ah ! Et… pourquoi ?

— J'ai dû passer le déambucheur dans la poignée de porte, par maladresse. Je ne marche pas droit.

— Déambulateur…

— Comment ? Ah oui, j'ai encore beaucoup de mots esquintés…

— Il y a bien des gens qui voudraient s'exprimer comme vous maintenant. Votre tête fonctionne à quatre-vingt-dix pour cent, et comme elle est déjà à un niveau supérieur à la moyenne…

— Flatteur… C'est quoi cette pièce ?

— La buanderie. À côté, le placard des ustensiles de ménage.

Nous nous engageons vers le deuxième bâtiment. Au début, des rangées de chambres, le bureau des infirmières. La disposition est la même que de l'autre côté, mais inversée, pour des raisons pratiques d'accès.

— Vous marchez mieux, monsieur Le Paugam. Dommage votre chute.

— Dommage mon AVC, dommage ma vie, dommage ma bêtise…

— Dommage pour ceux qui ne seront plus jamais même comme vous en ce moment.

— Vous avez raison, Jean-Jacques, je débloque.

— Ça aussi, ça s'arrangera. Le déblocage se débloquera !

Je ressens tout à coup le souvenir de l'hospitalisation de ma mère comme une déflagration. Sa pâleur exténuée encadrée par les visages de ses infirmières qui se dévouent pour elle jour et nuit, motivées par un profond sens d'humanité… Son médecin qui estime sa disparition proche comme un échec personnel… Toute cette extraordinaire machine à sauver la vie, mise en route sans spéculation d'enrichissement. Pourquoi n'ai-je pas choisi médecine au lieu d'architecture ? Facile de penser ça aujourd'hui. Pourquoi aussi avoir accusé mon père d'être responsable de la mort de ma mère ? Quel homme suis-je vraiment ? Ce que je découvre sur mon compte n'est pas réjouissant.

— Demi-tour à gauche… gauche ! clame Jean-Jacques. Lieutenant Le Paugam, vous serez cité à l'ordre de la clinique !

— Comment savez-vous que j'étais lieutenant ?

— Généralement, un architecte a été sursitaire avant d'effectuer son service militaire et vu ses études il a postulé au concours des EOR [4].

— C'est ça. Et vous ?

— Moi, je l'ai raté.

— Pourquoi ?

— À la question finale de l'examen « Comment voyez-vous l'avenir de l'armée ? », j'ai répondu : « Une armée de métier. » Zéro ! À l'époque c'était très mal vu.

Alors que nous repassons d'un immeuble à l'autre, le docteur Bertrand Lassalle sort de l'ascenseur.

— Bonjour, Jean-Jacques. Tout va bien ?

— Oui. Merci, docteur.

Le chef de service m'adresse un bref signe de tête et se dirige vers le couloir que l'on vient de quitter. Peut-être y a-t-il un deuxième baisodrome aménagé.

— Il vous en veut d'avoir commis une imprudence. Ne vous en faites pas pour ça.

— Non. Rassurez-vous… Je suis fatigué.

— Normal. Un petit dodo avant le dîner pour récupérer et ça ira mieux. Vous lisez un peu ?

— J'essaie…

---

4. *École des Officiers de Réserve.*

— Il faut absolument. On a dû vous le répéter.

— Évidemment.

— Vous savez, monsieur Le Paugam…

— Pierre !

— Monsieur Pierre…

— Non, Pierre tout court, si vous voulez bien.

— C'est gentil. Bon… Je me suis sorti de ma condition très simple par la lecture. Peu à peu j'ai acquis du vocabulaire, je me suis mieux exprimé et cela a facilité mes études pour devenir kinésithérapeute. Au départ, j'étais magasinier dans une usine de pièces automobiles. Ce que je veux dire, c'est que, dans votre cas, où vos connaissances ont été gommées, c'est un moyen de les retrouver, indispensable. Ça se fait à votre insu. Je l'ai déjà constaté sur d'autres personnes. Je sais, c'est très fatigant au début. Alors, allez-y doucement, mais régulièrement.

— Merci, Jean-Jacques…

— Voilà… Fauteuil ou lit ?

— Fauteuil…

Il me fait asseoir et règle l'inclinaison du dossier, en me donnant l'impression d'être le président de la République. Puis il me pose une couverture des pieds à la tête.

— À demain, Pierre !

TEMPS 16

— Tu ne veux pas me dire pourquoi tu es si… enthousiaste aujourd'hui ?

Fabienne est vraiment belle. Elle paraît âgée de cinquante ans, mais je suppose qu'elle en a au moins soixante. Peu importe, elle incarne à mes yeux la séduction féminine pure.

— Il n'y a pas d'explication particulière… C'est comme ça. Tant mieux, non ?

— Oh, oui !

Que lui dire ? J'ai embrassé la main de Marie qui m'a caressé la joue… J'ai marché dans les couloirs plus facilement, à tel point que Jean-Jacques a remplacé le déambulateur par une canne. J'ai dressé un emploi du temps du docteur Lassalle, presque complet, ce qui m'a permis d'envisager…

— Dans quatre semaines, je commence ma rééducation.

— Bien ! Tu seras peut-être en état de sortir peu après.

— J'espère bien.

J'espère aussi, pour la première fois, qu'elle ne va pas s'éterniser. C'est l'heure du créneau d'environ quarante-cinq minutes dont je dispose pour ce que j'ai à faire.

— Ton père a hâte de rentrer. Je le tiens informé de ton état régulièrement. Il préfère ne pas te téléphoner pour établir enfin une relation solide avec toi. Il redoute les malentendus.

— Je comprends. Mon père… cet inconnu. Comment peut-il être aussi invisible dans ma tête ?

— Je ne sais pas, mon chéri. Vous allez faire enfin connaissance ! Trente-quatre ans après ta naissance !

— Il y a bien des gens qui sont devenus des… des ectoplasmes pour moi… Je suis parti avec eux… Et je reviens sans eux… « *Et je m'en vais, au vent mauvais qui m'emporte…* » Au vent mauvais… non, ce n'est pas le cas… c'est un vent léger… Au Vent… Cristallin… C'est ça : AVC.

Fabienne me fixe, surprise.

— Quoi ? Qu'est-ce que j'ai dit ?

— Ce n'est pas ce que tu dis, surprenant certes, c'est ce que tu es… là maintenant, ce que tu n'as jamais été dans ta personnalité… d'avant ton accident… Tu sais de qui est le poème que tu as cité ?

— Non… Mais si je cherche…

— Verlaine. *Chanson d'automne*.

— Ah, oui… « *qui m'emporte deçà, delà, pareil à la feuille morte* ». Très bien ! Je suis une feuille morte !

— Oh, non ! Mais depuis que nous nous connaissons, je ne t'ai jamais senti intéressé par la poésie. Ces notions viennent de ton enfance sans doute.

— Je voudrais dormir. Ça ne t'ennuie pas de me laisser…

— Pardon… Bien sûr, tu dois te reposer.

— C'est juste aujourd'hui, je ne sais pas pourquoi. J'aime ta présence. Si je n'étais pas ton beau-fils, je te courtiserais !

Elle rit d'une manière élégante et sincère.

— En tout cas, ton intérêt pour la gent féminine est toujours bien présent. Petit flatteur ! Mais je suis aussi flattée !

Elle m'embrasse en m'enveloppant de son délicieux parfum, et me donne l'image de sa silhouette admirable en sortant.

Un coup d'œil au réveil, et je me lève de mon fauteuil. La canne, le peignoir… et à l'attaque.

C'est l'heure calme. Le personnel soignant se repose un peu et les médecins ont fini leurs visites. Jean-Jacques et l'orthophoniste doivent travailler dans le service, mais je n'ai pas rendez-vous avec eux. Je croise un ou deux « valides » qui sortent faire une promenade à l'extérieur, attirés par le soleil qui réussit même à introduire quelques flaques de lumière dans le couloir par les hublots des portes coupe-feu. Curieux mélange avec les sinistres tubes néon. Je ne me suis pas trompé. La buanderie-baisodrome est contiguë avec la chambre du pauvre adolescent accidenté, du côté opposé au placard attribué au ménage. Avant d'aller le voir, j'inspecte les deux locaux. La buanderie est plus vaste que je ne le supposais. Tout un mur est occupé par une penderie où sont accrochées des blouses blanches propres. Des étagères recèlent toutes sortes de linges, ainsi que des placards. Il y a même une grande planche à repasser avec un fer à vapeur. Une glace verticale permet aux infirmières de vérifier leur aspect. Ou renvoyer au médecin-chef la vision de ses ébats avec Marie. Inexplicablement, il s'absente un jour sur deux de quinze à seize heures. C'est toujours très précis comme horaire, depuis plus d'une semaine que je l'observe. Lors de sa tournée quotidienne des patients, excepté le samedi et le dimanche, nous nous saluons à peine, et son interne meuble notre entrevue à sa place. Mon père doit avoir une sacrée influence pour qu'il ne m'ait pas expulsé de son service.

Alors… le placard à balais et produits d'entretien. Là aussi, il y a de l'espace. Le bâtiment dans son ensemble est bien conçu, sans économie stupide de surface, et d'une disposition intelligente des fonctions de chaque pièce. Tiens ! Des réminiscences de mon métier ! Quelle que soit mon évolution, je ne l'exercerai plus. Ou pas de la manière dont je l'ai pratiqué…

Je pousse doucement la porte de l'univers entre deux mondes. Les machines de survie émettent des sons de science-fiction, ponctués par les clignotements des diodes colorées. Après un temps d'adaptation dans la pénombre, je m'approche du jeune garçon, dont le crâne est toujours entouré d'un pansement volumineux. Il a les yeux grands ouverts, comme la dernière fois, sur une vision qui, comme la mienne il n'y a pas longtemps, a dû perdre toute référence. Je risque un geste pour attirer son attention. Immédiatement son regard se dirige vers moi. Il me semble discerner au fond de ses prunelles une lueur orientée davantage du côté de notre réel.

Un effort de curiosité aussi. Mais il n'y a, à l'évidence, aucun moyen de traduire quoi que ce soit à son cerveau, plongé dans une brume opaque.

— J'ai pensé très fort à toi, ces jours-ci…

Je lui parle à voix basse, en souriant, bouleversé par le spectacle pitoyable d'une existence en danger. Le temps m'échappe, mes propos doivent être ridicules, mais je veux établir un contact avec lui. Entre estropiés du ciboulot, il faut s'entraider !

Je suis tellement concentré que des bruits dans le couloir me font sursauter. Panique, j'entrebâille la porte et aperçois au loin le docteur Lassalle en conversation avec un couple. Quelle horreur ! Ils viennent vers moi… Lassalle les arrête pour leur dire quelque chose. Comme il est alors de dos, sans réfléchir je sors, l'air le plus normal possible, et me réfugie dans la buanderie. Les visiteurs ne m'ont pas prêté attention. Le cœur battant, je colle mon oreille sur l'huis afin de capter leur conversation et leur destination.

— … et je crois qu'il serait sage de prendre une décision maintenant…

Le ton du médecin est presque autoritaire. Ils pénètrent dans la chambre de l'adolescent, et je comprends que l'homme et la femme sont ses parents. Mon bref aperçu de leurs personnes se résume à leur donner une quarantaine d'années. Ils sont de petite taille, très correctement vêtus.

— Vous voyez, il n'y a pas de réaction de sa part à votre présence…

J'ai changé de position et appuie ma tête contre la paroi commune avec la chambre. Le son me parvient très étouffé. La mère du gamin dit des mots que je ne comprends pas. D'abord parce qu'elle murmure des propos, probablement à son fils, et puis aussi parce qu'elle s'exprime dans une langue étrangère.

— Pensez bien, monsieur Ferrera, reprend le mandarin pédant, que votre fils peut sauver d'autres vies.

S'ensuit un long silence. Puis la voix du père, à ce qu'il me semble teintée de colère, résonne distinctement.

— Il n'est pas question, docteur, que je vous signe l'arrêt de mort de Carlos. Dès que nous arrivons, il nous suit de son regard. Il ne peut pas parler, mais il nous reconnaît, j'en suis sûr.

— Je ne veux pas vous décourager, mais il s'agit, je pense, d'un simple réflexe, courant dans son état.

— Je ne suis pas d'accord, ni ma femme.

— C'est votre droit… Nous allons attendre encore, pour voir si une évolution se produit. Mais cela ne pourra pas durer très longtemps. Je vais vous laisser. Avant de partir, passez par mon bureau. On fera un point plus précis.

Il sort, et le couple entame une discussion que je ne saisis pas. D'après leur nom, ce sont vraisemblablement des Portugais.

Une sensation confuse traverse mon esprit. Aurais-je un ami ou des relations de cette nationalité ?

Après avoir risqué un coup d'œil en dehors de la buanderie, je regagne ma chambre. J'ai bien failli me faire surprendre.

Malgré la régularité du planning de Lassalle, il peut y avoir des impondérables ! La preuve. Ouf… mon fauteuil… La vue de la mer, pourtant agitée, me calme. Quel est le sens de la scène dont je viens d'être témoin ? La peur ou l'excitation m'a empêché de réaliser la démarche du chef de service : il veut tout simplement faire mourir Carlos, le gamin, pour le transformer en pièces détachées! Lui prélever tous ses organes pour des transplantations! Terrible! J'essaie de me mettre à la place des parents. C'est une décision impossible à prendre alors que le regard de leur enfant est arrivé aux leurs... Une pensée abominable m'envahit: et si un trafic monstrueux existait ici, avec beaucoup d'argent en jeu? Comment puis-je intervenir dans l'état où je suis? Je dois me battre déjà pour moi... Alors, me battre pour... pour Carlos. Et puis? Je n'ai que ça à faire... Et si... Pourquoi pas...

— Pierre! C'est l'heure du dîner... Pierre! Oh, j'espère que vous n'avez pas attrapé froid!

— Je me suis endormi...

— Oui, mais vous devriez vous couvrir. Ce n'est pas encore l'été. Vous n'êtes pas raisonnable...

Quel bonheur d'avoir une femme qui s'occupe de moi! Et si belle en plus!

— Je ne pourrai plus me passer de vous!

— Il le faudra bien pourtant.

— Je me jetterai par la fenêtre pour que, parce que je serai blessé, vous continuiez à me soigner.

— Ah, parce que vous comptez vous en sortir vivant?

Son rire est plus lumineux que le soleil.

— Ma belle petite Marie...

Elle se laisse prendre la main, que j'embrasse tendrement. C'est une habitude qui s'est installée. J'ai compris qu'il ne fallait surtout pas la harceler de mes émotions. Je dois recommencer dans tous les domaines et ne pas chercher les souvenirs de mes amours passés. Il me faut une catharsis de mes sentiments… Comment ? Pourquoi ce mot surgit-il sans prévenir ? Je n'aime pas ce… c'est prétentieux.

— Vous serez avec Jeanine ce week-end. Soyez gentil avec elle. Promis ? Pierre !

Ma déception est telle que mon visage a dû changer. Marie pose sa main sur mon bras.

— Je vais à Paris, rencontrer des cousins… Seule. Ça va mieux comme ça ?

— Oui… c'est plus fort que moi… Je… je…

Je ne trouve rien à dire. Elle me contemple attentivement… hésite… et m'embrasse furtivement sur les lèvres avant de disparaître. J'ai l'impression que si je me jette quand même par la fenêtre, je vais m'envoler.

*

Dimanche soir, quand Jeanine vient me débarrasser du plateau-repas, je n'ai même pas regardé la télévision. Le monde extérieur ne m'intéresse pas en ce moment. J'ai assez à faire avec mon microcosme.

— C'est bien, monsieur Le Paugam, votre appétit est revenu. Il y a quinze jours, on était loin du compte.

Quinze jours… Une éternité. Je me rappelle vaguement que Jeanine, aide-soignante intérimaire, s'est occupée de moi. Ce devait être aussi pendant un week-end. C'est une petite femme, tout en rondeur, avec une bonne bouille souriante. Ses cheveux blonds tirés, pour finir en queue-de-cheval, laissent voir à la base du cou un tatouage en forme d'éclair. Je déteste ces marques qui, pour moi, sont repoussantes, surtout sur un corps féminin.

— Si vous avez besoin de moi, je suis de garde jusqu'à huit heures demain matin.

— Merci. Bonsoir, Jeanine.

— Bonne nuit, monsieur.

Je passe un grand moment à réviser les détails de l'opération à venir. Il est encore tôt pour la soirée. J'essaie de lire ce que Fabienne m'a apporté. Des revues, et deux romans, *L'Enfant de Noé* d'Éric-Emmanuel Schmitt, et *Le Bureau des jardins et des étangs* de Didier Decoin. Je suis émerveillé dès le début par le récit de Decoin. Aligner des mots pour constituer l'atmosphère d'une histoire aussi prenante relève de la magie. Mais je suis incapable d'aller au-delà de la page 15… Exténué par l'effort intellectuel, je m'endors…

La nuit règne depuis longtemps quand je me réveille : il est une heure douze minutes. Avec précaution, je vais me passer de l'eau froide sur le front. Ayant pris mon téléphone portable, je revêts mon peignoir et m'entoure le cou d'une écharpe chaude. Je vérifie la charge du mobile qui est à 98 %.

Allez ! En route ! Mes pas, avec mes horribles charentaises, sont étouffés. Le bureau des infirmières est éclairé. Lorsque je regarde à l'intérieur du coin de l'œil, j'aperçois Jeanine penchée sur un livre qui a l'air de la captiver. Je passe sans éveiller son attention. La porte coupe-feu offre plus de difficultés que prévu. Elle est lourde, et ses ressorts servant à la fermeture automatique sont puissants. Je pousse et bloque avec ma canne, centimètre par centimètre. La refermer est encore plus ardu. Je lâche le dernier centimètre pour ne pas me coincer les doigts. Il est inconcevable de prendre l'ascenseur. Je dois descendre un étage à pied et recommencer avec le maniement de la porte coupe-feu. Étant déjà venu avec Jean-Jacques, qui a sa salle de travail au premier niveau, je sais où se trouve le bureau de Lassalle. Quand enfin j'ai franchi l'accès, à bout de forces, et que je m'apprête à marcher vers mon but, une sonnerie aigrelette s'élève du local de l'infirmière de garde. Elle sort précipitamment et, loterie de la chance, s'en va dans la direction opposée pour gagner la chambre où on la réclame. Comme elle en a refermé la porte, je pars avec toute l'agilité dont je suis capable vers le bureau directorial situé quelques mètres plus loin. Effroyable : la porte est verrouillée. Sur celle qui la jouxte est inscrit : *Docteur Claude Tusseau*. Je n'ai pas le choix. J'entends l'infirmière revenir derrière moi, alors que je m'enferme de justesse chez l'interne. Il se passe plusieurs minutes avant que je récupère mon calme. Je n'ose pas faire de la lumière, et m'habitue à la pénombre relative, engendrée par les veilleuses diverses des appareils électroniques. Peu à peu, je distingue les meubles. Je prends mon téléphone et j'enclenche l'application « Enregistrement ». Je crois me souvenir que l'autonomie de cette fonction atteint plusieurs heures. Ayant une batterie externe supplémentaire, et fixée par un élastique, que j'ai branchée avant de partir, mon piège doit pouvoir fonctionner une dizaine d'heures. Il n'y a qu'un endroit pour le poser : au-dessus de l'armoire, suffisamment haute pour le dissimuler. Malgré ma taille élevée, de presque un mètre quatre-vingt-dix, c'est un effort considérable de porter le mobile et son accumulateur sur le meuble. J'ai très peur de tomber, et cela me rend maladroit… Enfin j'y arrive, tremblant d'appréhension. Quelques instants d'immobilité s'imposent. Et puis je repars, obligé de reprendre le même itinéraire, car le bâtiment n'a qu'une cage d'accès commune avec son homologue pour les escaliers. Il y a plusieurs ascenseurs au milieu des étages, je ne peux pas en prendre un à cette heure de la nuit sans attirer l'attention des infirmières. Je passe aisément devant le premier local où son occupante doit être partie s'allonger, la pièce en façade étant déserte. Re-porte coupe-feu, re-escalade des marches, re-bagarre avec l'autre porte du deuxième niveau. Je suis épuisé.

— Mais qu'est-ce que vous faites là ?

Jeanine, sidérée, est sortie de son bureau et vient à ma rencontre.

— Qu'est-ce qui se passe, monsieur Le Paugam ?

— Rien, Jeanine. Impossible de dormir. Alors je suis allé marcher pour me fatiguer.

— Là, vous avez réussi ! Vous êtes trempé de sueur ! Il y a longtemps que vous êtes sorti du lit ? Je ne vous ai pas vu passer.

— Vous étiez plongée dans votre roman, je n'ai pas voulu vous déranger.

— Enfin, je suis là pour vous ! Je vous aurais donné un somnifère. Venez vite, il faut vous changer. C'est pas raisonnable ce que vous avez fait. En pleine nuit, en plus…

Je me laisse gronder comme un enfant, bafouillant des excuses, ravi de jouer les idiots. Il est certain que je vais bien dormir maintenant, et je refuse le somnifère. Je refuse aussi de penser à la récupération de mon téléphone. Quelles informations compromettantes l'enregistrement va-t-il me fournir ? Et si tout cela n'était qu'une illusion de ma part ?

TEMPS 17

— Mais on fait la grasse matinée ! On a bien dormi après la promenade nocturne !

Marie m'extrait de mon rêve dont il ne me reste qu'une sensation pénible. Instantanément son sourire m'insuffle une onde de bien-être.

— Bonjour, Marie. Jeanine a cafté pour mon insomnie…

— Elle ne fait que son métier. C'est normal de signaler vos imprudences.

— Ce n'était… Et puis zut ! Ce n'est pas bien grave. Votre week-end s'est bien passé ?

— Oui…

— Vous n'avez pas l'air convaincu !

Elle arrange mes oreillers et m'aide à m'asseoir avant de répondre.

— C'est difficile de vous expliquer, Pierre. Aujourd'hui je vis entre deux mondes… J'ai parfois la nostalgie de mon pays, mais j'ai conscience aussi que je n'y vivrai plus. Ma rencontre avec mes cousins n'a fait que renforcer cette… constatation.

Je lui prends la main et nous restons ainsi quelques secondes, absorbés par nos réflexions. Elle en émerge la première.

— À tout à l'heure.

*

Alors que je porte mon bol de café à mes lèvres, je reste pétrifié par une pensée incroyable : où suis-je ? Bien sûr dans une clinique, mais dans quelle ville ? Mon AVC s'est-il produit près d'ici ? Dans quel lieu ? Au cours de mon travail ? Ou d'une soirée ? Pourquoi personne ne m'en a-t-il parlé ? Ce doit être volontaire, mais pourquoi ? Fabienne doit détenir la réponse. Marie aussi… en partie.

Avec une rapidité déroutante se succèdent d'autres questions concernant la récupération de mon smartphone. Il va falloir attendre la nuit prochaine… L'immense effort que je dois fournir à nouveau me fait douter de mes capacités physiques. Et si je tombais encore ? Ce pourrait être terrible de conséquences. Surtout au retour avec le téléphone… Impossible de me justifier… Alors ? Une complicité est nécessaire. La recherche est vite conclue : il n'y a que Marie. C'est la seule personne suffisamment présente dans la clinique pour savoir où se trouve l'interne, et profiter d'une absence momentanée à son bureau personnel pour aller chercher mon appareil. Comment lui présenter mon stratagème ? Quelle va être sa réaction ?

*

— Allez, monsieur le paresseux, debout !

Marie pousse la table du petit-déjeuner, repousse drap et couverture, et m'attrape pour m'aider à me lever. Ce qui nécessite la maîtrise de mon envie pour ne pas embrasser sa bouche, perfection charnue de sensualité. Elle doit s'en rendre compte, car un petit sourire malicieux danse brièvement au coin de ses lèvres.

— Vous êtes en forme, aujourd'hui, hein ?

— Oui, puisque vous êtes revenue… Dites-moi, Marie, dans quelle ville sommes-nous ?

Elle me regarde, et hésite à me répondre.

— On ne vous l'a pas dit ?

— Non. Cela vous pose un problème ?

— En principe, seul le médecin-chef doit donner des réponses à vos questions. Cela fait partie du traitement de votre état. En tout cas, ce sont les consignes qu'il nous a transmises. Mais pour ce renseignement… je crois pouvoir vous le fournir : nous sommes à Perros-Guirec. Vous savez où cela se trouve ?

— Oui… En Bretagne… département des… des…

— Côtes-d'Armor.

— C'est ça !

— Nous sommes en bordure de la ville… C'est tout ce que je peux vous dire.

— Merci, Marie.

— Allez, à la douche !

Elle m'a déshabillé avec… tendresse. Mais oui, c'est ça, nourrir ta convoitise, crétin… Je fouille les trous de ma mémoire… et n'y trouve aucun souvenir précis sur Perros-Guirec. Ou alors un déjeuner en terrasse au bord de la mer il y a… deux cents ans! Avec en vis-à-vis un visage fantomatique asexué… et muet!

Mon bras bloqué en équerre, afin que l'os de la clavicule se répare sans déformation, je ne peux rien faire pour aider à ma toilette. Les mains de mon égérie, qui parcourent mon corps pour le nettoyer, me ramènent à l'envie de plus en plus forte de la serrer contre moi, de la couvrir de baisers et de caresses. Mon désir est violent. Toute ma volonté est requise pour le dominer, ce qui ne passe pas inaperçu. Marie, comme la plupart des femmes, est intuitive. Je dois émettre une éruption de phéromones digne d'un pachyderme en émoi.

En me séchant, à travers la grande serviette en éponge, ses doigts redessinent mes muscles, mes formes. Je me figure que ses pensées ne sont pas innocentes. Nos regards se croisent, et j'ai la certitude que je pourrais perpétuer cet instant le reste de mon existence. Je ne bouge pas, je ne cligne pas mes paupières, et c'est elle, cette fois, qui fait un effort pour interrompre… Quoi au juste? Une intention? Une simple réflexion? Ou bien la naissance d'une attirance envers son patient, pas tout à fait comme les autres? Mais bien sûr, un handicapé physique et moral, c'est d'un excitant! Je vais demander à Fabienne de m'acheter des slips en peau de léopard.

Heureusement, dans le fatras de mes pensées décousues revient l'urgence de la récupération de mon smartphone. Mes pulsions amoureuses s'évacuent, et je décide de livrer à Marie mes suspicions au sujet de son amant-patron, et ma démarche pour le confondre.

— Marie, s'il vous plaît, accordez-moi votre attention. C'est très important et difficile à dire.

— Si c'est pour me déclarer encore…

— Non, ce n'est pas ça. Je crois que Bertrand Lassalle…

Et je me lance. Je lui parle de Carlos, de la conversation que j'ai surprise avec ses parents, d'une réflexion à mon sujet qui tout à coup ressurgit sans effort : « On va voir comment ça évolue, si ça évolue. » Elle m'écoute attentivement, mais son expression change, devient irritée. Quand je lui parle d'un possible trafic d'organes, elle s'insurge en me coupant la parole.

— Vous dépassez les bornes ! Vous vous rendez compte de la gravité de vos accusations ? Bertrand a bien des défauts, mais de là à être un… un criminel, car on peut appeler ça comme ça, c'est impensable. Je ne veux plus entendre vos délires. On va mettre ça sur le compte de la jalousie, mais vous ne me…

— Marie ! Je n'ai pas fini !

Je lui révèle mon piège disposé sur l'armoire dans le bureau de l'interne.

— Vous avez fait ça !

— Oui. J'ai la conviction que quelque chose de terrible se passe ici. Avez-vous eu d'autres accidentés comme le jeune Portugais ces derniers temps ? Dites-moi la vérité.

— Bien sûr, comme dans tous les hôpitaux ou cliniques. Je ne m'en occupe pas. C'est le service…

— Que sont-ils devenus ?

Elle laisse son irritation de côté pour réfléchir.

— Ils sont… décédés.

— Tous ?

— … Oui. Les cas étaient très graves… Mais il n'y en a pas eu tellement.

— Comment savez-vous qu'ils étaient irrécupérables ?

— C'est… On en parlait entre nous.

— Avec Bertrand ?

— Non. Entre aides-soignants… Écoutez, je refuse de prolonger cette discussion. Maintenant je…

— Marie, je vous propose un marché.

— Non, ce n'est…

— Si ! Je vous demande de récupérer mon téléphone chez l'interne, ce ne doit pas être très compliqué pour vous. Je l'écoute et, s'il n'y a rien de grave dans l'enregistrement, je vous jure, au nom de l'amour que j'éprouve pour vous, qu'on n'en parlera plus jamais. En revanche, s'il y a quelque chose, je vous le ferai écouter. D'accord ?

Elle me regarde en secouant la tête, indécise.

— Je n'aime pas ce que vous avez fait.

— Je m'en doute. Acceptez les divagations d'un malade qui, en plus, vous aime comme vous ne serez jamais aimée.

Le sourire lui revient.

— Qu'en savez-vous ?

— Moi, avant de vous connaître intimement, je vous épouse tout de suite. Enfin, dès que je suis entièrement guéri.

— Et si je refuse d'aller chercher votre téléphone ?

— Je vous aimerai quand même, parce que…

C'est un vieux truc de laisser traîner une phrase, un truc de cabot minable.

— Parce que ?

— Parce que vous êtes la femme de ma vie !

Marie ne revient que pour le déjeuner. Elle évite de me regarder et ne me dit pas un mot. Quelque chose s'est passé. Je ressens son désarroi, et respecte son silence. Alors qu'elle m'a bien positionné pour le repas, je lui tends la main. Elle hésite, et finalement se laisse faire. Elle pose la sienne sur la mienne. Sans lever la tête vers elle, je l'embrasse de toute mon âme. Elle reste ainsi quelques secondes, et quitte ma chambre. Mécaniquement, j'avale ma nourriture. Il me semble que ma pensée qui s'isole de mon corps est plus cohérente. Peu importe mes manques de mémoire. Ils se combleront, j'en suis sûr. J'ai déjà vaincu mon inquiétude à ce sujet. En revanche, je n'imagine pas mon futur sans cette splendeur noire qui a refait naître la vie au creux de mon être. Puisque je suis un bâtisseur, il va falloir construire notre avenir, et d'abord me réparer intégralement… Et si elle ne ressent aucun sentiment pour moi… si tout simplement elle ne veut pas de moi, alors ce sera un ADM… Un Accident Définitivement Mortel. L'idée saugrenue d'être découpé en pièces détachées m'impose une fin bien préparée… pour que tout ou presque soit réutilisable… sauf ma tête qui déraille.

J'ai dû m'endormir après mon déjeuner car, lorsque j'ouvre les yeux, mon plateau a été débarrassé, la table repoussée, et les belles jambes de Fabienne, assise près de moi, donnent à ma vision une image sensuelle. Sentant mon éveil, elle referme sa revue et se lève pour m'embrasser.

— Je te trouve… changé, dit-elle. En bien, rassure-toi. Il y a une énergie dans ton œil qui n'était pas là il y a quelques jours.

— Ah ! Cela me fait très plaisir de l'entendre.

— Je vais radoter, mais je crois que tu n'es plus le même homme qu'avant ton accident. C'est très curieux.

— Tu vas voir. Avant j'étais un ange, et maintenant je vais devenir un salopard !

Comme Marie, son rire est un enchantement.

— Tu as plus d'humour aussi. C'est excellent.

— J'étais qui exactement ? Tu peux m'expliquer ?

— Non. Je préfère ne pas le faire.

— Et pourquoi ? J'aimerais savoir aussi dans quel endroit j'ai eu mon accident. Qu'est-ce que je faisais à ce moment-là ? Tu ne veux pas me le dire non plus ?

— Ce n'est pas à moi de le faire. Nous sommes convenus avec le professeur Mallard que, lorsque tu poserais ces questions, il viendrait te donner les réponses. Le moment est arrivé.

— C'est bizarre quand même.

— Tu as subi un choc, non seulement physique mais aussi moral. Il y a une manière de te répondre qui relève de la psy... psychologie. Tu dois te reconstruire, aussi dans ta tête. Philippe Mallard est tout désigné pour t'aider à surmonter des... erreurs, des dérives comportementales.

— Mais je me moque de savoir ce que j'étais AVANT ! Je suis simplement curieux de savoir où, quand, comment. Ce n'est pas bien difficile à dire.

— Non, mais c'est le professeur qui te le dira.

— Ah, oui ! « Vous étiez en train de vous envoyer en l'air avec six nymphettes déguisées en religieuses, mon jeune ami, dans le bureau du P.-D.G. d'Air France... Je vais vous aider à surmonter vos fantasmes... Remontez votre pantalon. »

Fabienne me regarde, ahurie, avant d'être prise d'un fou rire inextinguible. Elle m'entraîne dans sa réaction débridée. Après nous être calmés, nous entamons un échange de souvenirs lointains, et elle s'efforce d'être le plus précise possible, pour relier des moments dont la chronologie m'échappe. Elle me fait du bien en me rassurant sur ces images estompées qui, en effet, se recomposent doucement, tels ces tirages photos qui apparaissent lentement dans les bacs emplis de révélateurs. Tiens, j'ai dû faire de la photo pour penser à cette métaphore ! Quelle chance d'avoir cette femme à mes côtés ! La petite lumière d'une future famille, unie et heureuse, s'allume quelque part dans un recoin de ma tête en désordre.

Fabienne parle jusqu'à l'heure du dîner que Marie m'apporte. Les deux femmes se saluent cordialement, tout en se scrutant longuement. La tristesse affichée sur le visage de mon ange gardien me bouleverse. Elle reste figée après le départ de ma belle-mère, en me dévisageant. Alors elle vient vers moi, au ralenti comme un effet au cinéma, me prend la tête dans ses mains, ses yeux dévorant les miens, et m'embrasse avec une explosion d'amour, bien plus forte que mon imagination, pourtant prolixe en cette matière, ne me l'a jamais suggérée. Le brasier de ses lèvres me consume à tel point qu'une incandescence remplace toute forme de sensation à l'intérieur d'un bonhomme qui s'appelle Pierre…

Quand nos bouches se séparent, nos yeux sont soudés par un flux de paroles insonores, où mille questions flamboient sans attendre leur solution. Nos mains s'étreignent, et nous avons bien conscience qu'un mot, quel qu'il soit, est superflu.

Marie me laisse en tête à tête avec mon jambon-purée-camembert-abricot qui attend un bon moment, avant que ne revienne un semblant d'équilibre au cours du volcan de bonheur qui m'a submergé.

Lorsqu'elle apparaît, une heure plus tard, elle s'assied près de moi, sort mon téléphone de la poche de sa blouse, et le cache sous mon drap. Nous sommes immobiles, à la découverte l'un de l'autre.

— Tu ne me feras pas souffrir ? N'est-ce pas ? dit-elle d'une voix éraflée que je ne connais pas.

TEMPS 18

… « et le cas de madame Bussi. On peut les laisser sortir tous les deux ; demain serait bien. Pour Raphaël Parrot, c'est en bonne voie aussi. Tu peux programmer sa sortie pour lundi, avec un traitement assujetti… »

J'écoute déjà depuis un quart d'heure le compte rendu du lundi matin entre Lassalle et son interne Claude Tusseau. Rien que des informations normales. La tête cachée sous mes couvertures, le son au minimum, la qualité de mon enregistrement est tout juste correcte. Leurs échanges professionnels, et les constats sur chacun des patients de la clinique, me semblent interminables. Le découragement me gagne quand, soudain, le ton du directeur n'est plus le même.

« En revanche, nous avons un sérieux problème. Le Directeur Vassarov s'impatiente. Le cas de son fils s'aggrave, et il propose le double pour la greffe prévue. Or la compatibilité du donneur étant pourtant bien certifiée, les parents… »

Nom de Dieu ! L'enregistrement est terminé ! Je regarde le temps de sa durée : sept heures trente-sept minutes ! On est loin de mes estimations. Mais j'ai un début de réponse à mes suspicions... Non, juste un encouragement à poursuivre, car ce qui vient d'être dit ne constitue pas une preuve de délit. Je passe une bonne partie de la nuit à réfléchir. Il faut recommencer l'opération, et plusieurs fois. Marie va-t-elle se laisser convaincre en entendant le peu de révélations captées ?

Elle me réveille avec un baiser qui m'ouvre les yeux sur le paradis.

— Tu as bien dormi ?

— Oui, mais pas beaucoup.

— À cause de moi ?

— Grâce à toi.

L'éclair de sa dentition parfaite rend sa peau encore plus sombre. C'est le sourire de l'aube sur la nuit.

— Je t'aime, Marie.

— Je me méfie des petits Blancs qui disent ce genre de chose. Moi, je vais réfléchir...

Éclat de rire étincelant, brûlures de lèvres, et, en la regardant s'en aller, je suppose que c'est un mirage surgi dans le désert de ma cervelle détraquée.

Quand elle revient à l'heure de ma toilette, le mirage se transforme en réalité. Sous la douche elle me caresse, et insiste pour me donner ce plaisir que je n'ai pas ressenti depuis si longtemps.

— Quand tu seras débarrassé de ton échafaudage, attends-toi au pire ! chuchote-t-elle à mon oreille.

— On m'a déjà prévenu des mœurs des sorcières africaines !

— Tu n'imagines même pas !

Le nirvana doit être un enfer par rapport à ce qui s'est propagé en moi. Nous sommes assis sur le balcon, face à face, branchés sur le battement des vagues qui accompagnent nos rêveries. Pas besoin de parler. Nos mains le font à la place de nos bouches. Mais Marie doit s'occuper de ses patients. Je lui donne mon smartphone.

— Tu écouteras quand tu auras le temps. On en discute après.

— D'accord. Ce sera ce soir.

*

Ma sieste au sein de la volupté est interrompue par une présence. Non, deux : Fabienne et le professeur Mallard. J'ai beaucoup de mal à émerger.

Ma belle-mère m'embrasse, et le professeur serre la main de mon bras valide.

— Nous vous regardions dormir. Vous avez l'air très… paisible.

— Et heureux, ajoute Fabienne.

— Mais… je le suis… Ô combien !

L'expression de Mallard devient plus sérieuse.

— Vous avez posé des questions, Pierre, qui maintenant doivent obtenir des réponses !

— Oh, rien de bien compliqué : où ai-je eu mon AVC et pourquoi suis-je ici ? Le reste, vous me l'avez en partie expliqué. Même si une répétition plus approfondie ne serait peut-être pas inutile.

— Oui… Toutefois il est nécessaire de vous exposer un petit… préambule.

— Ah ?

— Oui. Il y a dans votre comportement, avant votre accident, bien des éléments que vous avez… oubliés. « Évacués » serait peut-être plus approprié.

— Lesquels ?

— Il faut remonter assez loin. Vous êtes, vous étiez un hyperactif, d'après ce que votre père m'a confié. Il avait fondé sur vous de grands espoirs, envisageant avec son appui, une carrière de haut niveau en politique ou dans le fonctionnariat. Ce qui était contraire à votre nature profonde. Vous n'étiez pas en mesure d'accéder à son idéal. Lorsque Caroline, votre mère, est décédée, le choc émotionnel vous a conduit à une opposition frontale avec votre père. Ce qui a entraîné chez vous un état maniaco-dépressif. Vous l'avez rendu responsable de la mort de votre mère et, inconsciemment, rompu votre relation affective avec lui. Vous aviez besoin dans ces conditions d'être rassuré. Il n'y avait plus personne pour le faire, vos grands-parents n'étant plus là non plus. Cela a affecté votre cerveau.

— Mais…

— Attendez, Pierre, je n'ai pas fini. J'ai fait des recherches sur vos ascendants, et je n'ai pas trouvé de troubles mentaux liés à la génétique. Donc votre état est dû uniquement à une situation environnementale.

— Donc, je suis naturellement timbré.

— Vous êtes toujours impatient en tout cas. La suite de votre parcours reprend avec Edwige, une jeune femme dont vous tombez amoureux. Vous commencez une existence commune et retrouvez la joie de vivre, sans pour autant effacer ce qui provoque en vous dépression et mélancolie. Or, votre choix, ou vos choix respectifs avec cette personne, ne sont pas… comment dire… source d'équilibre. Fabienne m'en a longuement parlé. Edwige n'est pas stable en tant que caractère, et même si vous vous aimez sincèrement, des disputes, des divergences d'opinions éradiquent rapidement votre bien-être, et renforcent votre état dépressif. Lorsqu'elle vous quitte brutalement pour rejoindre un de vos amis, c'est un cataclysme qui vous ravage.

— Mais maintenant je m'en…

— Je termine, Pierre. Vous vous jetez dans le travail, vous venez d'obtenir votre premier gros chantier, vous fumez beaucoup, et vos fidèles compagnons, voulant vous aider, vous entraînent à boire et à faire la fête.

— Et je fais mon AVC…

— C'est ça… Mais, et c'est ce qui est formidable avec la complexité du cerveau humain, votre personnalité, pour une raison totalement inconnue, a été modifiée post-opératoire.

— Vive l'AVC !

Pour la première fois, Mallard se permet un sourire.

— En quelque sorte.

— Pouvez-vous me dire pourquoi je suis dans cette clinique ?

— Oui. Votre dernière entrevue avec Edwige a eu lieu à Perros-Guirec, dans un restaurant près du port. Elle voulait que vous lui pardonniez sa rupture avec vous. D'après ses dires, vous étiez détruit, incapable de maîtriser vos émotions. Vous vous êtes levé, et aussitôt écroulé. C'est elle qui a prévenu le Samu, lequel vous a immédiatement amené ici. Il s'est écoulé quarante minutes avant votre prise en charge, ce qui est sûrement la raison de votre rétablissement. C'est un délai record pour être sauvé du pis.

— Pourquoi ici ?

— Mais... ta maison d'enfance se situe à Paimpol. Ça n'est pas loin, précise Fabienne. Tu étais venu en week-end.

— Ah !

— Tes parents l'ont fait construire quand tu es né.

— Où vivait-on ?

— À Paris... Où ton père travaillait, où tu as fait tes études...

— ... Oui, les Beaux-Arts...

— C'est ça.

— Dites-moi, professeur, je vais traîner des séquelles de ma dépression ?

— Pas forcément, tout dépend de votre manière de vivre maintenant. Et puis, on peut vous aider plus efficacement qu'auparavant. On a fait quelques progrès quand même.

— Vous pouvez m'aider ?

— Oui.

— Par quoi ? Ou plutôt avec quoi ?

— Une cure de psychothérapie, douce, sans médication, ou très peu.

— Bon, alors on commence tout de suite. Je suis presque allongé, je ferme les yeux, et je vous déclare :

1 – Vous remercierez Edwige d'avoir appelé les secours, mais je me refuse à avoir le moindre contact avec elle.

2 – Je suis heureux.

3 – J'aime mon infirmière et je vais me marier avec.

4 – Je vais nous bâtir une belle vie.

5 – Mon père a un sérieux problème et je vais le soigner.

6 – Je t'aime, Fabienne, mais ça, tu le sais.

7 – En ce qui concerne ma cure, je pense que je vais me mettre à cuisiner.

Désolé, professeur.

TEMPS 19

« *Ô nuit, qu'il est profond ton silence…*
Quand les étoiles d'or
Scintillent dans les cieux… »

Je revois mon instituteur s'évertuant à faire chanter sa classe. Et, miracle, nous les gamins sommes impressionnés de chanter devant nos parents à la veille de Noël en réalisant, pour la première fois, que quelque chose de beau se produit. L'émotion mêlée à la somptueuse musique de… de… Rameau… Non, ce n'est pas lui qui l'a composée… Les images du film *Les Choristes* se superposent au tumulte de mes divagations. Je me suis réveillé, immédiatement agité de pensées agressives. Pourtant Marie, en desservant mon dîner, m'avait apaisé par la puissance qui se dégageait d'elle, en me donnant son affection que je sens de plus en plus intense. Ai-je le droit de l'embarquer dans une vie incertaine ? Elle a vingt-sept ans, est d'une beauté extraordinaire, équilibrée comme peu de femmes peuvent l'être, et moi, avec mes handicaps, j'arrive à susciter chez elle… quoi au juste? De l'amour… de l'envie… parce que… je ne sais même pas qui je suis… « Connais-toi, toi-même »… Tiens! Qui a dit ça? Un penseur célèbre, bien sûr. Si seulement je pouvais penser d'une manière constructive… Fabienne et le professeur Mallard sont partis confiants en mon évolution, après ma fanfaronnade… spontanée, oui c'est vrai. Mais je ne suis pas certain du tout de mon programme, là, au milieu de « Ô nuit » dont le silence n'est ni calme ni infini…

Marie a accepté de replacer mon téléphone chez l'interne. Il est évident que j'ai fait naître un doute dans son esprit. Et puis… une discorde s'est produite entre elle et son patron… probablement. Elle m'en parlera, j'en suis sûr. Sûr aussi qu'elle concerne la rupture de leur relation physique. Une telle femme ne se partage pas, en aucune manière… *Allez, dors, imbécile, tu n'es pas capable de formuler quoi que ce soit d'intéressant dans ton fatras… Quand est-ce qu'on m'enlève mon « échafaudage » ? Dès sa disparition je me jette sur Marie! Non, bien au contraire: millimètre par millimètre j'explore ce cadeau inestimable qu'elle veut bien m'offrir; sa sculpture vivante couleur d'ébène.*

C'est malin! Comment vais-je m'endormir après cette évocation? Et comme au cinéma, une autre image vient encore effacer progressivement celle qui me fait tant rêver! Décidément, je suis dans une phase cinématographique. Un ciel lumineux hérissé de rochers roses, un sentiment de bonheur pur: le visage de ma mère est aussi éblouissant que le paysage. Mon père est là aussi, invisible à ma mémoire. Les rochers roses, ces célèbres blocs que l'on vient admirer de loin, quel… OUI! C'est ça! La côte de granit rose! Ploumanac'h, Perros Guirec, la crique avec ce manoir incroyable défiant la foule d'envahir son espace protégé, là-bas, au fond. Nous sommes assis tous les trois, contemplant cet assemblage magique d'éléments qui exerce tant d'attraction. Je me dilue dans ce décor, essayant de fixer ce moment surgi dans le délabrement de mes méninges. Il pourra resservir pour la prochaine déprime.

— Je crois, monsieur Le Paugam, que notre dernière séance est arrivée. Vous n'avez plus besoin de moi. Vous parlez sans hésiter, ou presque, vous articulez distinctement, et votre dialectique, même si vous avez des petites absences de mots, est très bonne. À vous maintenant de continuer par un effort quotidien sans excès…

— Merci, madame. Vous m'avez considérablement aidé.

— C'était avec plaisir. Je suis heureuse de vous voir pratiquement guéri.

Je quitte l'orthophoniste en me promettant de lui faire un beau cadeau. Je me promets tellement de choses que, si je ne les note pas, j'en oublierai la moitié.

Il reste une demi-heure avant la séance de musculation avec Jean-Jacques. Je passe par ma chambre pour vérifier que la Mercedes de Lassalle n'est pas sur son parking, et vais rendre visite à Carlos. L'adolescent fixe le plafond, et je suis frappé par son expression tragique. Il perçoit ma présence, tourne son regard vers moi. Ce que je ressens est terrible. Il est perdu, certainement paniqué, car il ne doit pas avoir de pensées claires. Peut-être éprouve-t-il aussi une douleur diffuse dans sa tête, même dans son corps. Il s'accroche à mes yeux et, malgré l'intense chagrin qui m'envahit, je lui souris, lui caresse la main en lui parlant doucement. Mais cette fois je suis attentif au temps, et aux bruits du couloir. Après ce que j'estime être un quart d'heure, je rejoins la salle de mon kiné. Je suis en avance, mais la porte est ouverte et, m'apercevant, il me fait signe d'entrer. Son visage ne sourit pas comme à l'accoutumée. Il reste muet en m'allongeant sur sa table de travail.

— Vous avez un souci, Jean-Jacques ?

— Personnellement, non.

— Alors, pourquoi cet air de catastrophe ?

— Écoutez, Pierre, je vous aime bien. On a fait du bon travail ensemble, mais... mais voilà : c'est notre dernière fois aujourd'hui.

— Quoi ?

— Oui. Je ne devais pas vous le dire. Je ne comprends pas pourquoi. Je ne sais pas ce qui se passe avec vous.

Tout s'effondre un peu partout à l'intérieur de ma peau. Le drame pointe son dard. Je vais quitter l'établissement très vite, sur injonction du médecin-chef, sans aucun doute. Et je devine pourquoi. Nom de Dieu, mon téléphone ! Impossible de le récupérer tout de suite. Il faut joindre Fabienne et la...

Qu'est-ce qu'elle m'a dit ? Elle ne vient pas aujourd'hui car elle a une conférence... dans quel endroit ? Je ne sais plus.

— Jean-Jacques, vous pouvez me prêter votre portable, s'il vous plaît ?

— Le voilà.

Je reste comme un idiot avec l'appareil dans ma main. Je ne connais pas son numéro par cœur… Il est inscrit dans mon répertoire, dans mon smartphone, sur l'armoire dans le bureau de l'interne… Jean-Jacques est désemparé. Moi, je suis au fond du gouffre.

— Pierre, ne vous laissez pas aller. On va réaliser notre travail quand même. Vous avez retrouvé une bonne forme. Ne vous inquiétez pas, un autre kiné, compétent, va bien s'occuper de vous, même en dehors d'ici.

Il a raison. Qu'est-ce que c'est que cette mauviette qui s'affole pour rien ? Et puis, mon amour est là, pour… pour… récupérer un fardeau dont elle n'a pas besoin.

Au moment de nous quitter, Jean-Jacques glisse sa carte dans ma poche de pyjama.

— Tenez, Pierre. On ne sait jamais…

Je suis incapable d'articuler quoi que ce soit.

Vautré dans mon fauteuil, sur le balcon de ma chambre, je n'éprouve plus qu'un seul désir : voir Marie. Prendre des décisions ensemble, commencer à partager ce que l'on appelle le quotidien avec la force d'être à deux… Enfin, surtout la sienne, pour l'instant.

La lumière solaire, cachée derrière un nuage apocalyptique, envoie des rayons meurtriers dans l'eau sombre qui dissimule des abysses effroyables. Il ne manque que la musique de Wagner pour rendre le tableau devant moi encore plus dramatique. Alors que j'évolue dans des flux contradictoires, la porte de ma chambre s'ouvre, me faisant sursauter de joie. Je me retourne et reste stupéfait en voyant Jeanine, apportant mon dîner.

— Mais… et Marie ?

Gênée, elle pose mon plateau et vient près de moi.

— Marie ne fait plus partie du personnel de la clinique.

TEMPS 20

Ma nuit sans sommeil m'emporte dans des tourbillons confus, violents, où mon impuissance sur le cours des événements me détruit. Je n'arrive pas à prendre la moindre décision. Parfois la rage envers le médecin-chef domine tout. Mais comment l'affronter ?

D'autres fois la crainte de ne plus revoir Marie balaie mon âme. C'est idiot. Elle contactera Fabienne, ou l'inverse, en demandant ses coordonnées à Jean-Jacques par exemple. Et mon téléphone… Il s'éteindra lorsque les batteries seront vides, mais sa récupération hypothétique me ravage d'angoisse.

Jeanine surgit avec le plateau du petit-déjeuner. Elle ne répond à aucune de mes questions, prétextant qu'elle ne sait rien. Ce qui m'énerve un peu plus. Je bois mon café sans toucher aux tartines beurrées.

Alors que je m'extrais du lit pour gagner mon fauteuil, l'interne pénètre dans ma chambre, accompagné d'un costaud en blouse blanche que je n'ai jamais vu. Les salutations sont spartiates et il se hâte d'enchaîner :

— Votre sortie est prévue pour onze heures. Vous allez être transféré à Saint-Brieuc, au Centre de rééducation Saint-Patrick. Évidemment, nous faisons suivre votre dossier pour que vous soyez pris en charge en toute connaissance de cause.

— Vous trouvez normal qu'on me jette dehors aussi brutalement ?

— Votre état est très satisfaisant et ne nécessite plus que des manipulations qui relèvent de la kinésithérapie. Nous avons beaucoup de demandes d'admission et sommes obligés de libérer des lits. Voilà la raison de...

— Vous pensez vraiment que je vais croire à votre explication ?

— Vous croyez ce que vous voulez, ce qui...

— Pourquoi le docteur Lassalle n'est pas venu me le dire lui-même ?

— Il est... très occupé ce matin, et je ne vois pas ce que ça changerait.

Attention, danger ! Si je fais un esclandre, je risque de tout compromettre définitivement. L'idée de maintenir le contact s'impose en une fulgurance inespérée.

Je vais jouer la soumission, avec une bonne dose d'hypocrisie.

— Bien. Je vais me préparer. Merci de tous vos bons soins, docteur. C'est vrai que j'ai retrouvé une forme physique et mentale correcte, grâce à vous... Est-ce que je pourrai venir vous consulter ultérieurement en cas de besoin ?

Son soulagement est perceptible, ce qui me conforte dans la théorie du règlement de comptes élaborée par son patron.

— Vous serez toujours le bienvenu, monsieur Le Paugam. Mais je souhaite que vous n'ayez plus aucun souci de santé. Antoine va vous aider pour votre toilette.

Il me tend la main, mais son sourire pourrait tout aussi bien être provoqué par une brûlure.

— Ah, je voulais savoir pourquoi Marie n'est plus là ?

— Désolé, je ne sais pas. Je ne gère pas les problèmes de personnel.

Mais oui, c'est ça, fous le camp avant que ma colère ne revienne me submerger, et m'empêcher de me féliciter... J'ai remporté une belle victoire sur... sur... moi-même, je ne vois pas qui d'autre.

— Allez, à la douche ! profère la brute en blanc qui serait plus à sa place en vigile de supermarché qu'en aide-soignant.

— Vous me soutenez pour y entrer et en sortir, je me débrouille pour le reste.

— Comme vous voulez.

Pas question de sentir ses battoirs sur ma peau. Il n'y a que Marie qui en a le droit.

*

À dix heures et demie, Jeanine vient prendre mon sac, et vérifier que je n'ai rien oublié. Puis elle m'accompagne jusqu'au monde de la paperasse, au rez-de-chaussée, que je découvre le temps de me dégoûter une fois de plus... Comment ça « une fois de plus » ? Une allergie de mes activités passées a dû subsister à mon insu dans mon organisme. Je signe tout ce que l'on veut, en dévisageant ces pauvres créatures enchaînées à leur ordinateur toute la journée qui, elles, seraient incapables de donner mon signalement ! Quel bel univers le numérique est en train de construire !

Je sors de la clinique et… SOUDAIN J'AI LE SENTIMENT QUE MA TÊTE S'ÉCLAIRCIT ! Mon murmure intérieur devient une voix plus audible dans mes méninges !

L'ambulance qui m'attend est cossue. Bonne surprise : le chauffeur est une femme, agréable à regarder, dont les rondeurs traduisent plus la force que l'embonpoint. Elle m'installe gentiment, et son soupçon d'accent breton me rend joyeux. Comme le véhicule est bien insonorisé, nous entamons ce genre de conversation qui donne la sensation fugitive de bien se connaître alors que l'on ne s'est jamais vus. J'ai l'impression d'avoir déjà vécu ce contexte.

Serais-je attirant pour les femmes ? Tout en écoutant distraitement ma conductrice, une sarabande de créatures harmonieuses défile sur l'écran de ma mémoire, sans que le projectionniste ait fait la mise au point, et sans que le générique précise leur nom. Pour avoir conquis Marie, la plus belle femme du monde, je dois bien posséder quelque chose de spécial. Il ne m'appartient pas de le définir. C'est la loterie humaine. La santé, la force, la volonté, l'intelligence… la beauté… le charme… Ouais… Et l'hérédité ? Et le milieu familial ? Et ta sœur… *Qu'est-ce qu'elle me dit la femme au volant ?*

— On est arrivés. Je vais sortir le fauteuil roulant, et je vous emmène à l'accueil.

— Je peux marcher.

— Oui, mais c'est la procédure normale.

— D'accord.

Respectons la procédure, tant qu'elle est humaine ! Bientôt on ne parlera plus qu'aux machines. Formidable ! J'imagine mon ambulance automatique avec son brancard, qui me déchargera comme un sac de pommes de terre devant des caméras qui rempliront mon formulaire d'admission, avant d'être transporté par une plateforme télécommandée, qui me déposera dans mon lit d'hôpital avec son bras articulé. Impossible de contempler, comme maintenant, une belle paire de fesses, dont la propriétaire se dévoue pour que tout soit plus facile pour moi.

Une aide-soignante prend la suite, et je change de véhicule.

L'ambulancière serre vigoureusement ma main valide et me donne, elle aussi, sa carte professionnelle.

— Je suis dans une petite société. Si vous avez besoin de moi un jour, voilà mes coordonnées directes. Bon rétablissement, monsieur Le Paugam.

Je lis dans ses yeux, qu'éventuellement, je pourrais obtenir plus qu'un transport. Ce qui me met de bonne humeur. Qui ne le serait pas ? Mais Marie n'a pas laissé un millimètre de place dans ma libido. Nulle part d'ailleurs.

Le fonctionnement du Centre Saint-Patrick me paraît très bien rodé. À peine suis-je dans ma chambre que l'on m'apporte mon déjeuner. Pourtant il est douze heures trente, et le service doit être presque terminé. Cette fois la préposée n'est pas noire, mais café au lait, selon cette expression populaire que je n'aime pas. Aux premiers mots qu'elle m'adresse, je devine aisément son origine : les Antilles françaises. Elle est polie, souriante, mais son visage exprime une grande lassitude. Sa forte corpulence en est peut-être responsable. En tout cas, c'est à peine si elle m'a regardé. Après le succès précédent, c'est le bide. J'ai juste le temps de faire une petite sieste qu'un grand gaillard entre en même temps qu'il frappe à ma porte. Il tient à la main ce que je suppose être mes avatars médicaux.

— Je suis Julien Chartier, médecin-chef du Centre, dit-il après m'avoir salué. Votre transfert a été un peu précipité, mais on a l'habitude, pas d'inquiétude. J'ai parcouru votre dossier et, là non plus, il n'y a pas de problème particulier. Vous avez été bien soigné, et notre rôle maintenant est de vous rendre opérationnel sur le plan purement musculaire. On vous enlève votre attelle dans quelques jours, après une dernière radio de contrôle évidemment. Il n'y a pas eu de déplacement sur l'os de votre clavicule et ce que j'ai vu laisse penser que tout ira bien. Reste votre petit déficit moteur du côté droit, classique après un AVC. Ce sera un peu plus long pour tout récupérer, mais si vous le voulez vraiment, vous devriez y arriver.

— À cent pour cent ?

— Presque…

— Ah !

— Oui, il y a quand même une petite réserve. Mais, étant donné ce que je constate, avant même de vous avoir complètement examiné, ce qui restera comme séquelle ne vous empêchera pas de vivre normalement. On vous fait un check-up complet demain matin. Sur le plan psychique qui, si j'ai bien compris, a joué un rôle important dans le déclenchement de votre AVC, il y a dans votre dossier une note du professeur Mallard, annonçant sa surveillance constante de votre état dans les mois à venir.

— Oui, c'est un ami de mes parents et il est… comment dire… le garant de ma bonne santé morale vis-à-vis d'eux.

— Vous auriez pu tomber sur pis.

— Ah ? C'est un bon praticien ?

— Vous plaisantez ? C'est LE psychiatre du siècle. Une sommité mondialement reconnue…

— Je… je ne m'en souvenais pas…

— Voilà. Reposez-vous, aujourd'hui c'est vacances. Demain ce sera bien différent, croyez-moi. Je vous…

— Vous connaissez bien le docteur Bertrand Lassalle ?

— Oui. C'est un excellent chirurgien. D'ailleurs il vous a bien traité, vous n'avez pas à vous plaindre.

— Non, c'est vrai. Sa réputation est bonne ?

— Excellente ! Et même si elle n'était pas comme telle, je ne dirais pas de mal de mon beau-frère ! À demain.

Je jure interminablement à voix basse. Je vais devoir continuer à me méfier de tout. Lassalle doit disposer de mouchards chez son beau-frère, qui est peut-être aussi son complice. Il faut ratisser large pour trouver des pièces détachées humaines ! La demande dépasse l'offre de beaucoup, j'en ai déjà entendu parler… Ah, oui… Quand ? Encore une réminiscence de mon autre vie, avant mon accident. AVC : Avant Votre Connerie !

Je suis perdu, dans un nouveau lieu, sans répertoire, sans téléphone portable; il ne reste plus qu'à attendre… Attendre Fabienne… et Marie. J'espère que Jean-Jacques ou l'orthophoniste lui diront où j'ai été affecté… S'ils le savent… Étant donné les liens entre la clinique de Perros-Guirec et le Centre Saint-Patrick, ce ne doit pas être la première fois qu'un patient passe de l'une à l'autre. Donc, facile à deviner. Ma chambre n'est pas aussi spacieuse, ni confortable, que la précédente. Seule la vue sur la vallée du Gouët, avec la mer dans le lointain, permet de s'évader un peu. Mais je suis trop contrarié pour apprécier quoi que ce soit. Je n'ai envie de rien d'autre que de voir ou d'entendre Marie. Le regard porté à travers le mur face à mon lit, je détecte pourtant le mouvement de la porte qui s'ouvre doucement… Personne… Si, mais le visage qui apparaît est nettement en dessous de la poignée! Une bouille à croquer comme une pomme, avec de jolies taches de rousseur sur les joues, deux couettes assemblées par des rubans verts, au-dessus d'une frange qui recouvre un petit front bombé. Deux grands yeux assortis aux rubans me dévisagent sans timidité.

— Entre!

Elle pousse sur le battant, et je vois une petite fille habillée d'un pyjama imprimé d'ours enfantins, et chaussée de grosses pantoufles en forme de mouton. Une attelle comme la mienne lui tient le bras à angle droit.

— Toi aussi tu es tombé de ta trottinette? me demande-t-elle sans préambule.

La question est d'une parfaite logique: même cause, même effet.

— Oui, je n'avais pas vu un gros caillou.

Son sourire me provoque le désir impérieux d'avoir un enfant comme elle. Je réalise aussitôt que sa peau n'aura pas la même couleur. Qu'importe.

— Moi, c'était mon bébé chien. Je suis tombée en l'évitant.

— Gaëlle ! Qu'est-ce que tu fais là ?

— Le monsieur, il a la même trottinette que moi et il est tombé aussi !

— Excusez-la, monsieur, Elle ne tient pas en place.

La jeune femme est charmante, et elle a doté sa fille de son adorable rousseur.

— N'ayez crainte, je suis dans l'impatience aussi. Mais recevoir sa visite est un enchantement. Tu reviens quand tu veux.

— Tu n'es pas comme le monsieur à côté ! Il est très vilain.

— Ah, bon ! Pourquoi ?

— Il m'a dit : « Fous le camp, putain de merde de riz » ! C'est pas beau, hein ?

— Tu as dû mal comprendre.

— Non, maman, et il avait un drôle d'accent.

— De toute façon, tu n'as pas à embêter les gens dans leur chambre.

— Je vous assure qu'elle ne me dérange pas. Si tu veux, tu viens avec tes livres et je te fais la lecture. D'accord, Gaëlle ?

— Oh, oui ! C'est top ! Hein, maman ?

— C'est très gentil à vous, mais pas longtemps, je ne voudrais pas…

— Soyez rassurée, je m'ennuie autant qu'elle.

— Merci beaucoup. On lui enlève son attelle demain et, si tout va bien, on sortira pour midi. Je dormirai ici cette nuit. Si vous voulez, elle viendra vous tenir compagnie après le dîner quelques instants.

— Parfait. À tout à l'heure.

J'ai eu du mal à rester naturel en apprenant la présence d'un étranger qui, à l'évidence, ne voulait pas recevoir de visite, fût-ce celle d'une petite fille. L'insulte qu'il lui a jetée n'est sûrement pas celle qu'elle a comprise. Je n'ai pas mon smartphone pour essayer de trouver quelle langue se rapproche de la phonétique utilisée. J'échafaude des hypothèses toutes aussi tordues les unes que les autres, reliant la clinique de Lassalle au Centre de son beau-frère pour trafiquer des horreurs. J'en arrive au jambon-purée-yaourt, sans m'en rendre compte. Au moment de décapsuler le Yoplait nature, le téléphone me fait renverser la petite bouteille d'eau minérale. Je lâche le yaourt, redresse la bouteille qui a inondé mon lit, et j'empoigne le combiné.

— Ah, Fabienne ! Enfin !

— Qu'est-ce qui s'est passé, mon chéri ?

— C'est trop long à te raconter. Tu viens me voir quand ?

— Demain après-midi. Je prends le train vers onze heures.

— Tu as le numéro de téléphone de Marie ?

— Non. Tu ne peux pas l'appeler ?

— Je n'ai plus de téléphone pour le moment. Viens vite.

— C'est si grave ?

— Je te dis tout demain. Surtout, apporte ton ordinateur.

La soirée se traîne, malgré les aventures du *Dragon péteur* auxquelles, je l'avoue, je prends un plaisir certain, et m'applique à bien le partager avec mon auditrice attentive, qui rit spontanément aux mêmes passages que moi. Nous discutons ensuite philosophie, évoquons la grande tendresse des animaux à notre égard, et je la regarde s'endormir à mes côtés, en réalisant tout ce que j'ai raté dans ma vie jusqu'à présent. Surtout quand la mère, attendrie, vient la récupérer et l'emporte dans ses bras, tel le plus précieux trésor de l'univers. Ce qu'elle est… « L'univers ne sert… », etc.

À vingt-deux heures, je n'ai toujours pas envie de dormir. La télévision, réglée sur un niveau sonore juste perceptible, de mauvaise qualité, m'irrite. Je décide d'aller me promener. Je ne suis pas en prison que je sache.

Ma chambre est desservie par un couloir très long, à peine éclairé, et se trouve presque au bout du bâtiment. J'aperçois, à l'autre extrémité, une tache de lumière projetée par une porte ouverte. Probablement celle de l'infirmière de garde. Bien que le Centre n'abrite que des convalescents, il est quand même nécessaire d'avoir une surveillance. Je décide de faire la connaissance du cerbère, avec l'arrière-pensée de pouvoir lui tirer des informations.

À mi-chemin, je passe devant un local ouvert où des blouses blanches sont accrochées à des patères. Et si… Oui ! Sans tergiverser, j'entre dans la pièce. Avec un bras, c'est très difficile d'enfiler la moitié d'une blouse, mon attelle m'interdisant l'autre moitié. Mais j'arrive à bloquer la partie pendante de la blouse en passant l'autre manche sur mon « échafaudage ». En face des vêtements, un meuble à tiroirs avec des étagères supporte des bacs en plastique contenant divers accessoires de soins, dont un stéthoscope. Je le passe autour de mon cou, et repars vers ma chambre en posant doucement mes chaussons sur le sol, à chaque pas.

La petite fille a dit : « Le monsieur à côté. » Donc la chambre de l'étranger se trouve d'un côté ou de l'autre de la mienne. Je parie pour celle d'avant en venant du début de l'accès, c'est-à-dire la première devant moi.

Je calcule bien l'ouverture de la porte pour masquer mon attelle et ne laisser voir que ma tête avec le stéthoscope, et la manche de la blouse. Une pause concentration et… action !

L'homme, qui regardait la télévision, tourne aussitôt les yeux vers moi.

— Tout va bien ? dis-je à voix basse.

Son visage, mangé de barbe, a la peau basanée des gitans. Ses yeux, d'un noir profond, expriment la méfiance et la peur. Il m'examine un moment avant de répondre.

— T'es qui, toi ?

Il a parlé aussi bas que moi et son accent prononcé laisse supposer une origine d'Europe centrale.

— Je suis le médecin de garde, un ami du docteur Chartier.

— Toi, travailler avec lui ?

— Bien sûr. Tous les jours.

Il soupèse la véracité de mes propos qui, finalement, lui semblent acceptables.

— Moi sortir dans deux jours, hein ?

— Euh… oui, c'est ça.

— Bon. Tu dis à… à… patron, il donne mon argent, vite !

— Oui, ne vous inquiétez pas. Comment vous sentez-vous ?

— Ça va, ça va. Mal au rein… normal.

— Bien, alors bonne nuit.

Il reporte son regard vers l'écran en maugréant quelque chose que je ne comprends pas. Vu le ton, ce doit être une obscénité. Mes battements cardiaques sont sûrement perçus jusqu'à Brest. Je tiens enfin une certitude. Un étranger a vendu un de ses organes, un rein vraisemblablement, et il a été caché ici, après avoir été opéré par Lassalle à Perros-Guirec. Les risques d'un contrôle quelconque sont peu probables dans un centre de rééducation. Bien moindres que dans une clinique.

Le regard rivé sur la lumière du local, là-bas au fond, je me hâte de remettre mes accessoires en place et de regagner mon lit. Malgré la satisfaction procurée par le succès de mon opération commando, il m'est impossible de me calmer. Je suis dans la réalité du cauchemar sorti de mes suppositions, après l'espionnage des conversations entendues au chevet de Carlos, entre ses parents et le chef de clinique. Bien, et après ? Je n'ai plus aucun lien ni aide possible, en dehors de Fabienne. La nuit se passe en élucubrations toutes plus angoissantes les unes que les autres, alternées avec des plages de sommeil perturbé.

Mon petit-déjeuner, servi par mon Antillaise fatiguée, interrompt ce cycle pénible. Je suis encore plus exténué qu'elle.

— Vous avez bien dormi ?

— Très bien. Et vous ?

— Pas assez. Je ye-viens pou' vot'e toilette.

— C'est gentil. Merci.

— Le kiné vient vous che'cher à neuf heu'.

— Ah ? Alors je me dépêche.

J'ai failli lui demander des nouvelles de mon voisin ! La complicité évidente du docteur Chartier avec son beau-frère me fait avaler de travers une gorgée de café. Focalisé sur mon expédition de la veille et ses révélations, je ne l'ai pas vraiment réalisé. Trop flagrant sans doute, et comme mon raisonnement n'est pas à son fonctionnement optimum, je l'ai inconsciemment écarté. Mais… mais… mais… Avant mon AVC, aurais-je été capable de suspecter une telle forfaiture ? Dans les jours de brume, encore bien présente dans mon cerveau, il me semble avoir eu une grande crédulité, pour ne pas dire naïveté, envers les assertions des gens que je côtoyais. Je tenais pour véridiques les avis, les propos de mes interlocuteurs. Curieux comme sentiment… Alors que j'ai joué les Hercule Poirot sans états d'âme… Si : la peur de me fourvoyer au commencement. Mais maintenant…

Ma pauvre Louise, nom de mon aide-soignante, n'est pas très efficace pour me doucher mais, ayant repris des forces, je m'en tire bien. Seul son appui est nécessaire pour entrer et sortir du bac.

Estimant que tout le personnel doit être plus ou moins au courant des agissements douteux du Centre, je n'échange que des banalités avec elle. Il en sera de même pour toute nouvelle rencontre, y compris celle du colosse tatoué qui pénètre dans ma chambre.

— Bonjour, monsieur. Je suis Paul Olivier, votre kinésithérapeute. Je connais tout de votre vie.

Il ponctue sa plaisanterie d'un petit rire vulgaire.

— On va marcher jusqu'à ma salle de travail, ce n'est pas loin. D'ailleurs, je vous ferai marcher un peu plus tous les jours. Allez, en route !

Il me prend par le bras pour me lever du lit et, une fois debout, me lâche.

— Vous vous appuyez sur moi de votre main libre. C'est mieux pour vous donner confiance. Ne craignez rien, je vous rattrape en cas de besoin.

Je hoche la tête en guise d'assentiment, et ricane intérieurement en me remémorant mes expéditions. Sauf la première, catastrophique, évidemment.

Paul ne travaille pas du tout comme Jean-Jacques. La douceur n'est pas sa vertu principale. Elle lui est même totalement inconnue. Il pratique bien son métier mais, doué d'une force impressionnante, il va trop loin dans les efforts qu'il m'impose. Rapidement je capitule, et lui demande d'être plus adapté à ma condition.

— Vous avez raison, j'allais le faire de toute façon. Mais il fallait bien que je vous teste.

Ouais, c'est ça, mon bonhomme, prends-moi pour un demeuré. Je ne constate pas vraiment de différence avec la suite des exercices, et il est pratiquement obligé de me porter pour me réintégrer dans ma chambre.

— C'est pas mal pour une première fois. Vous verrez, déjà la semaine prochaine vous ne vous reconnaîtrez pas !

Re-petit rire, et les tatouages de ses énormes avant-bras disparaissent de ma vue.

Étendu sur mon lit comme un mollusque, le fou rire me gagne en imaginant lui faire avaler des épinards avec une pelle ! Normal pour Popeye !

Tiens ! Encore un personnage qui surgit sans prévenir. Avec d'un seul coup beaucoup d'autres : Betty Boop, Donald, Mickey, toute la saga Walt Disney. Un aller-retour éclair dans ma petite enfance qui s'estompe bien vite.

A-u V-ide C-onscient.

J'ai à peine le temps de récupérer du laminage physique du kiné qu'un autre athlète en blouse blanche vient m'ordonner de le suivre chez le médecin-chef. J'imagine qu'avec une telle garde rapprochée, le toubib ne craint pas les récalcitrants. Car il doit y en avoir, ne serait-ce que pour les acceptations des montants pécuniaires et leurs versements. Et cela doit se passer ici, pour les raisons que j'ai déjà évoquées.

Le docteur Chartier me reçoit cette fois dans une vaste pièce, équipée d'une pléthore d'appareils plus ou moins compliqués. Avant d'entamer le processus du check-up, je me plains du traitement trop intensif de son employé. Ce qui a le don de l'amuser.

— Je comprends, monsieur Le Paugam, mais vous étiez à la clinique dans une phase… comment dire… de retour à la vie. Maintenant c'est celle de votre combat quotidien. Surtout que vendredi prochain on vous enlève votre attelle. Vous aurez besoin de toute votre force pour compenser, dans les premiers temps, la faiblesse de votre bras.

Commence une série d'examens, dont le préalable consiste à faire retirer mon pantalon de pyjama par une jolie infirmière. À ma grande honte… Pourtant je devrais avoir l'habitude de montrer ma zigounette à tout le monde. Est-ce le fait qu'elle soit une belle femme qui cause mon embarras ? L'idée d'en demander un jour l'explication au professeur Mallard me divertit un bon moment. J'aurai peut-être quelques séances de kinésie psychique avec lui, qui sait ?

À la fin du *check-up*, Chartier fait un premier bilan.

— Vous êtes sur une très bonne voie de guérison. D'abord parce que votre constitution de base est solide. Votre musculature ne demande qu'à être de nouveau entretenue. Votre passé, indéniablement sportif, vous a forgé un corps bien développé. En ce qui concerne votre handicap moteur, assez léger, il faudra…

Je n'écoute plus. Je le dévisage. Comment un homme, dirigeant un établissement qui fonctionne bien, avec une façade respectable et un personnel professionnel, peut-il dissimuler un trafic honteux, basé sur la misère morale ou physique d'autrui ? La réponse est la possession de richesses, naturellement, mais elle doit être très importante pour prendre un tel risque. Le risque de tout perdre.

— Voilà ! On va vous passer à la radioscopie. Je viendrai vous voir quand on vous aura retiré votre attelle.

La saucisse-coquillettes-camembert-banane ingurgitée, je sombre dans un trou sans fond, dont je ressors par un baiser parfumé déposé sur ma joue. L'espace d'une fraction de temps, dont seul l'esprit est capable, je me dis, en ouvrant les yeux, que si Marie n'existait pas, je me jetterais sur cette bouche magnifique pour la dévorer. Avec un très léger sentiment de culpabilité, je me redresse sur mon oreiller.

— Bonjour, Fabienne… J'allais dire comme dans les mauvais dialogues de film : enfin, tu es là !

— Mais nous sommes dans la réalité. Alors, tu vas me dire quoi ?

— Tu es… la deuxième femme de ma vie !

— C'est bien, mais un peu poncif aussi.

Son expression change, et elle ajoute avec un embarras adorable :

— Tu es aussi le deuxième homme de ma vie.

Quelques secondes s'écoulent pour bien ingérer réciproquement le poids d'une déclaration banale sur la forme, mais essentielle dans sa conséquence.

— Tu me racontes tout, maintenant.

Je lui révèle tout, la vraie raison du conflit avec Bertrand Lassalle, la suspicion du trafic d'organes, l'espionnage avec mon smartphone, la disparition de Marie, et mon transfert ici.

Au fur et à mesure de mon récit, je ressens son étonnement et, lorsque j'ai terminé, sa perplexité. Elle me jauge intensément de son regard hypnotique.

— Tu ne me crois pas ?

— Si !

Le ton ne laisse planer aucun doute.

— Es-tu sûr des sentiments de Marie à ton égard ?

Pourquoi une telle… Nom de Dieu ! Elle veut avoir la certitude que Marie n'est pas responsable de mon éviction de la clinique, après avoir remis le smartphone à Bertrand Lassalle… Cela n'a même pas effleuré mes hypothèses. Mais Fabienne ne connaît pas notre amour. Son analyse extérieure justifie une telle question. Question douloureuse pour moi.

Je lui parle de Marie avec la plus grande concision dans la description de détails qui peuvent la persuader que Marie m'aime sincèrement. Ce qui a motivé son renvoi, car elle a sûrement tout avoué au chef de clinique, et rompu ses relations avec lui.

Fabienne hoche la tête. Mes arguments doivent lui paraître convaincants. Je la laisse réfléchir, en admirant sa beauté, son intelligence, et le fait que sa première réaction soit de prendre mon parti.

— Cette histoire est très grave… Je ne peux rien faire toute seule. Il faut que j'en parle à ton père.

— Ah, non !

— Mais pourquoi ?

Certes, c'est idiot. Un réflexe d'avant… J'évacue la tentation de faire encore un jeu de mots stupide avec AVC.

— Pardon. En effet, il n'y a pas de raison. Demande-lui son aide… Tu peux même ajouter : ton fils est d'accord.

Ses yeux s'embuent. Elle se lève et me serre dans ses bras. Il y a un truc qui, moi, me serre la gorge… Décidément, je ne suis plus… quoi ? Le salaud d'avant ? Oh, zut, j'allais oublier.

— As-tu apporté ton ordinateur ?

— Oui.

Nous mettons fin à notre tendre échange, véritable baume de jouvence, et plongeons dans les affres de la machine infernale, conçue par des drogués de la technologie, sans culture ni aucun sens pratique.

Nous triturons l'insulte rapportée par la petite Gaëlle « putain de merde de riz ». En changeant les lettres, et par déduction, après une heure d'énervement alternée de jurons et de rires, nous finissons par comprendre « *putin murdarie* », qui signifierait « petite saleté » en roumain. Car c'est du roumain, indiscutablement. Me souvenant de la couleur ambrée de sa peau, j'en déduis que l'homme qui a proféré ces mots pourrait être un « Rom », individu de cette très ancienne ethnie venant de l'Inde, composant un bon quart de la population roumaine.

— Et il sort demain ! Comment pourrait-on attester de sa présence ?

— Je ne sais pas. Il est urgent d'appeler François.

Fabienne consulte sa montre.

— Je ne peux pas joindre ton père avant dix-huit heures. Ce qui me donne le temps de rentrer à la maison. Ah ! Oui, c'est vrai.

Elle fouille dans son sac, et me tend un téléphone avec son chargeur.

— Je l'avais acheté un jour où, en déplacement, le mien était resté sur mon bureau. N'appelle pas trop, la recharge n'est que de trente minutes. Là, elle est pleine. Dès que j'ai eu ton père, je t'avertis aussitôt.

Mon soulagement après son départ est tangible. L'alchimie d'une réconciliation avec mon géniteur, fusionnée avec l'affection de sa femme à mon égard, et l'amour de Marie, doit s'opérer via les contacts de mes synapses. Synapses ? Oui, les fines connexions entre deux cellules nerveuses… C'est ça ! Ma mémoire n'est pas lessivée, mais je la trouve capricieuse ! Le soulagement n'empêche pas l'impatience.

À dix-huit heures trente, heure du dîner comme dans tous les services de santé privés ou publics, afin que le personnel puisse rentrer à son domicile pas trop tard, j'ai la présence d'esprit d'éteindre le téléphone, prohibé en ces lieux. Avec, pour conséquence, d'attendre le débarrassage de mon couvert. Une fois la nourriture absorbée, je remets le contact. Lorsque c'est fait, je vérifie qu'il n'y a pas eu d'appel, et reprends l'attente. C'est insupportable… Une heure… deux heures… Quand le massacre de la neuvième de Beethoven au synthétiseur retentit, je me cache sous les draps pour étouffer ma voix.

— Je dois te dire que tu as rendu ton père heureux.

— Ah ? Pourquoi ?

— Tout simplement parce que tu lui as fait confiance…

— C'est…

— Il s'est démené d'une façon incroyable. C'est trop compliqué pour te raconter. Grâce à ses relations, tu recevras demain matin la visite d'un officier de police qui se fera passer pour un contrôleur du ministère des Solidarités et de la Santé. Rassure-toi, la carte qu'il présentera au Centre est authentique. Elle lui permettra de tout vérifier dans le fonctionnement de l'établissement. Tu lui relateras les détails que tu m'as déjà confiés. Et tu feras ce qu'il te dira. Bien entendu, aucune considération sur notre situation familiale. Rien que les faits que tu as observés. On t'expliquera plus tard.

— C'est… formidable !

— Oui… Je t'embrasse, mon chéri… Ton père aussi, en espérant que tu l'acceptes.

J'éprouve quand même une vague appréhension pour le déroulement de l'enquête. Le Centre a déjà eu des contrôles, même s'ils ont été rares. Le flic sera-t-il crédible dans sa manière de faire ? Et puis, et puis… Marie… Son absence me démolit. Je redoute un drame. La difficulté pour me joindre est-elle si importante ? En ressassant des questions stériles, je finis par tomber dans l'inconscience où des chimères incohérentes se chargent de m'accabler.

TEMPS 21

Le petit-déjeuner, la douche, Louise qui n'en peut plus de sa fatigue, le temps qui passe joue avec mes nerfs sans vergogne. Le médecin-chef entre, accompagné d'un petit monsieur au crâne rasé, habillé « très comme il faut ». Sa cravate, impeccablement nouée, est de la même couleur que ses yeux : gris acier, démentant l'expression bienveillante de ses traits.

— Monsieur Pierre Le Paugam est arrivé hier pour une période de rééducation, après un AVC nettement récupéré, et une fracture de la clavicule due à une chute par imprudence.

Tiens, tiens, je n'y aurais pas pensé.

Le petit homme s'avance et me serre la main gauche, la seule disponible facilement. Je perçois dans son geste une force, inversement proportionnelle à sa taille.

— Bonjour, monsieur. Je suis Bernard Lentier, contrôleur du ministère de la Santé. Nous faisons un tour d'horizon de l'établissement, et ensuite je reviendrai vous voir seul, ce qui est la procédure normale.

— Comme ça, vous pourrez dire tout le mal que vous voulez !

Le rire du directeur est accompagné des nôtres, par pure hypocrisie, en tout cas la mienne.

Ils sortent et je suis sidéré. Est-ce bien le policier annoncé ? Les flics ont-ils un échantillonnage humain aussi divers pour l'adapter à toutes les situations ? Ou bien un hasard calamiteux envoie un véritable inspecteur des hôpitaux et cliniques en même temps qu'un faux ? Ce serait comique si les événements n'étaient pas aussi dramatiques.

Retour en impatience, niveau maximum.

Je ressors de mon lit pour piétiner afin de changer ma position immobile que je ne supporte plus. En prenant appui, je lève mes jambes à angle droit pour essayer de les remuscler. Ce qui a pour effet de manquer de peu l'entrejambe du petit contrôleur, revenu comme convenu.

— Oh, pardon !

— C'est de ma faute. Je suis entré sans attendre que vous m'y invitiez.

Et poli avec ça. Il baisse la voix pour la suite.

— Je suppose que vous êtes prévenu de ma visite.

— Oui.

— Il faut faire vite, monsieur Le Paugam. Expliquez-moi précisément ce qui vous a paru anormal. J'ai déjà eu cette information, mais je veux l'entendre de vous, qui êtes le seul témoin. N'omettez rien, même si cela vous est très personnel, et respectez la chronologie des faits. Rassurez-vous, ce qui concerne votre vie privée ne sera ni critiqué ni galvaudé. C'est juste pour me permettre une bonne analyse.

— Vous êtes vraiment un… policier?

Son visage a une expression malicieuse.

— À votre avis? Vous êtes Pierre Le Paugam, né le 13 février 1982 à Paimpol, fils de François Le Paugam, actuellement attaché au ministère des Télécommunications, remarié avec madame Fabienne Montemont. Votre mère, madame Caroline Le Paugam, est décédée il y a plus de vingt ans. Je suis ici car votre père, à la suite des graves événements que vous avez transmis à votre belle-mère, a appelé son ami le juge d'instruction Perrot, qui a interrompu la soirée du commissaire divisionnaire Aubert, lequel m'a ordonné de mener l'enquête au plus tôt ce matin, sous une fausse identité et un emploi fictif. Vu la justification de ma mission et l'obtention de ces vrais faux papiers, ma nuit a été courte… Ça vous va comme ça?

— Oui… Je suis un peu honteux, c'est tellement…

— Vous n'avez pas à l'être. Je vous écoute.

Je me concentre, les yeux dans le vide, et j'entame mon histoire le plus objectivement possible. L'inspecteur note de temps en temps sur un calepin quelques mots, sans jamais m'interrompre. C'est presque un long monologue qui ne s'adresse qu'à moi. Je me rends compte que, dans mon récit, il y a trop de soupçons et pas assez de preuves établies. Lorsque j'ai terminé, j'attends avec crainte les commentaires de mon auditeur, qui tardent trop à mon goût.

Lui aussi réfléchit dans son espace personnel. Enfin il me regarde.

— C'est bien. Votre exposé est clair. Mais nous avons un énorme problème.

— Lequel ?

— Votre voisin, le Roumain, n'est pas dans sa chambre qui, au dire du directeur de la clinique, est vide depuis huit jours.

— Mais ce n'est pas possible !

— Chut, plus bas, s'il vous plaît.

— Oui ! On l'a fait sortir très tôt, évidemment, pour que personne ne puisse le voir.

— Ça paraît logique, non ?

— Si... Mais... la petite fille... Gaëlle... Vous pouvez avoir son témoignage, elle est encore là ?

— Oui, je l'ai vue... On l'interrogera ultérieurement. Le témoignage d'un enfant de six ans affirmant avoir vu quelqu'un contre tout le personnel qui dira le contraire... À mon avis, ça ne suffira pas.

— C'est terrible...

— Attendez. On commence à peine. Si tout ce que vous m'avez décrit est vrai, on va trouver autre chose.

— Vous croyez que j'affabule ?

— Monsieur Le Paugam, je suis officier de police judiciaire. Les mots, c'est bien, les preuves, c'est mieux. Ne le prenez pas mal, mais si je vous énumérais tous les mensonges auxquels j'ai été confronté, vous ne le croiriez pas. Je dois répondre, point par point, à vos suppositions et accusations. Et pas par des réponses approximatives. On est d'accord ?

J'acquiesce en hochant la tête.

— Je dois aller voir tous les pensionnaires du Centre maintenant pour rester crédible dans mon rôle... Dès que j'ai fini, j'irai sans prévenir inspecter la clinique du docteur Lassalle. Vous avez une bonne mémoire ?

— Plus à cent pour cent. Pourquoi ?

— Pour inscrire mon téléphone dans vos méninges.

— Non, je n'en suis plus capable. Mais j'ai un portable.

— Très bien. Ne mettez pas de nom en face. Je prends le vôtre aussi.

Nous échangeons les numéros et il empoigne sa serviette en cuir usagé.

— Monsieur Lentier…

— Capitaine, ça suffit.

— Capitaine… Vous pouvez retrouver Marie ?

— Si nous n'avons pas affaire à des voyous sans scrupule, ce sera le plus facile. Ne vous tracassez pas inutilement.

C'est ça ! Je voudrais bien t'y voir, avec la femme que tu aimes disparue en fumée ! Petit con !

Non, ce n'est pas un petit con. C'est un homme intelligent, extérieur aux émotions qui me secouent… Et heureusement.

*

— À table !

Tiens ! Louise est de bonne humeur et ne semble pas au bord de l'écroulement. Elle a reçu une nouvelle agréable, peut-être sous la forme d'une prime en échange de son silence au sujet du Roumain.

J'aimerais bien connaître les tarifs pour les pièces détachées humaines. Un rein : cinq mille euros ? Un foie : huit mille ? Un poumon : quinze mille ? Un cœur : trente mille ? Les barèmes sont plutôt à la tête du client. Pour le président du machin-chose, ce sera une fortune. Pour le ministre du Truc-les-oies, un peu moins. Eh oui, tout le monde ne bénéficie pas de notre fantastique système de santé qui résiste encore à la bêtise des technocrates ! Le repas insipide renforce ma grogne solitaire. Je fulmine contre tout. *Marie, ma belle Marie, où es-tu ? Quand te reverrai-je ? La vie sans toi ne m'est pas envisageable.*

Après un essai avorté de lecture, mes yeux se ferment.

Je me réveille en sursaut. Le médecin-chef, au bout de mon lit, se dresse telle la statue du Commandeur de Don Juan.

— Pardon. Je vous dérange.

Le ton est froid, l'attitude menaçante.

— Je voulais m'assurer qu'un médecin de garde fantôme n'était pas venu vous voir inopinément.

Quel cynisme ! Le Roumain lui a parlé de la visite d'un docteur passé s'enquérir de son état. Il en a déduit que ce ne pouvait être que moi, surtout s'il s'est renseigné auprès de son beau-frère. En même temps, c'est un aveu déguisé de la présence du donneur d'organe. Comment réagir ? Jouer les innocents, rien d'autre ne me venant à l'esprit.

— De qui parlez-vous ? Je n'ai pas vu d'autre médecin que vous.

Il marque un temps trop long avant de continuer.

— On m'a averti qu'un autre praticien se baladait dans mon établissement. Curieux, non ? Mais soyez tranquille, on va y remédier. Bonne soirée, monsieur Le Paugam.

Une bourrasque de panique me disloque.

La menace est directe : « On va y remédier. » Je traduis par : « On va te neutraliser. » Par quel moyen ? Élimination directe par piqûre de curare ? Lessivage de tête avec des drogues ? Estropiage accidentel par la brute kinésiste, couvert par l'assurance de la boîte ? Arrêt cardiaque à l'aide d'un bricolage maison ?

Ma décision est vite prise. Je m'habille péniblement et téléphone à l'ambulancière qui m'a conduit ici, dont j'ai conservé la carte.

— Ambulance du Krisker, j'écoute.

— Bonsoir… Pierre Le Paugam. Vous m'avez transporté au Centre de rééducation il y a trois jours. Vous vous souvenez ?

— Oh oui ! Que puis-je faire pour vous ?

— Je voudrais que vous veniez me chercher tout de suite. C'est possible ?

— Bien sûr. Avec plaisir même. Vous avez un problème ?

— Oui. Je vous expliquerai. Il ne faudrait pas qu'on vous voie devant le Centre. Vous pouvez vous garer une centaine de mètres avant ?

— Comme vous voudrez. Je serai au coin de la première rue en allant vers le centre-ville. Vous marchez ?

— En prenant mon temps. À quelle heure arriverez-vous ?

— Dans une bonne demi-heure. Disons dix-neuf heures trente.

— Parfait. Attendez-moi si je suis en retard.

— Il n'est pas question de vous manquer.

Son rire, légèrement libidineux, me réconforte néanmoins. J'empoigne mon sac et je sors de la chambre.

Les affres de mon évasion commencent. Je n'ai pas bien observé la configuration des lieux. C'est l'heure creuse pour le personnel, mais si je croise quelqu'un avec mon bras dressé à l'équerre, je risque d'être repéré. Il n'y a encore aucune présence dans le bureau de surveillance, et j'arrive au palier desservi par les ascenseurs et les escaliers en même temps qu'une visiteuse sortant d'une chambre. Elle appuie pour faire venir la cabine, et s'efface pour me laisser passer en premier.

— Merci. Moi, je monte.

Elle me sourit et j'attends que les portes se referment pour emprunter l'escalier, moins fréquenté. Je passe la courroie du sac sur l'épaule et, agrippant la rampe de ma main gauche, je descends avec précaution jusqu'au sous-sol, marqué *Parking de l'immeuble* sur le mur. Mauvaise surprise : la porte piétonne qui donne sur la rue est verrouillée, probablement pour des raisons de sécurité après une certaine heure. Seule issue : le grand vantail basculant pour laisser sortir les voitures.

Un claquement dans mon dos me prévient que quelqu'un entre dans le parking. J'ai juste le temps de me cacher derrière un pilier, par chance de grosse section. Les pas se rapprochent et je tourne autour de mon abri en fonction de l'intensité du bruit. La silhouette massive de Popeye, mon kiné vu de dos, est monstrueuse. S'il me découvrait, je serais de retour dans ma chambre, emporté comme un pantin. Il s'engouffre dans une BMW luxueuse, normalement hors des moyens de son statut. J'observe que la pente de sortie est raide, et qu'il faut faire vite avant la fermeture du battant. Mais il y a une cellule de détection en sécurité si un véhicule reste à l'arrêt sur le plan incliné. Donc, en avant… Non, quelqu'un d'autre pénètre dans les lieux. Re-dissimulation. Cette fois, c'est une femme que je ne connais pas, la cinquantaine élégante, le visage avenant. Une comptable, ou une secrétaire bien en place. C'est ma chance, option beaucoup moins périlleuse qu'un parcours sur lequel je peux être reconnu, ou bien faire une chute aux conséquences terribles.

— Madame, s'il vous plaît.

Elle se retourne et, à la vue de mon attelle, se dit que je ne vais pas l'agresser.

— Je suis venu chercher un sac dans ma voiture, mais comme vous le voyez, je ne peux pas conduire. Auriez-vous la gentillesse de m'éviter l'escalier ?

— Avec plaisir. Comment se fait-il que votre voiture soit là ?

— Nous sommes des amis du docteur Chartier, et ma femme l'a laissée là car elle doit le conduire pour dîner à la maison.

C'est quitte ou double.

— Ah, très bien. Attendez, je vais vous aider.

C'est double. Elle m'installe en passant la ceinture de sécurité sous mon attelle, comme si j'étais un œuf de Fabergé. Ce faisant, elle frôle ma figure de sa belle chevelure dans une fragrance de Chanel n° 5.

Nous sortons à l'air libre sans croiser qui que ce soit.

— Où dois-je vous déposer ?

— Un peu plus loin. Il est nécessaire que je marche.

— Comme vous voudrez. Je suppose que vous ferez votre rééducation chez nous ?

— Ailleurs serait une vexation pour mon ami.

Nous rions, mais pas de la même manière.

— Ne bougez pas, je peux sortir de la voiture tout seul.

— À bientôt, monsieur…

— Lemercier, Antoine. Merci. Au revoir.

J'imagine avec délectation son échange futur avec Chartier : « Votre ami Lemercier, vous savez, avec un bras handicapé… »

J'attends que sa voiture ait disparu pour bifurquer vers la petite rue de l'autre côté. Dès qu'elle m'aperçoit, mon égérie des ambulances se précipite vers moi.

— Ça va aller, monsieur Le Paugam ?

— Sans difficulté.

— Je vous mets sur le brancard ?

— Pas du tout. Je m'assieds à côté de vous.

— J'en suis ravie. Au fait, je m'appelle Clotilde.

— Et moi, Pierre. Vous me rendez un immense service.

— Ce n'est pas grand-chose. Je vous emmène où ?

— À Paimpol.

— Parfait. Vous avez dîné ?

— Oui. Et vous ?

— Pas encore, mais ça m'est égal.

— Je vous prépare quelque chose à la maison en arrivant. D'accord ?

— Ce sera une belle soirée avec vous, plutôt que de regarder la télévision avec mon chat.

Pendant les trois quarts d'heure du trajet, Clotilde me raconte sa vie. C'était prévisible. Elle s'est retrouvée célibataire après un mariage raté qui a duré trois ans. Et depuis, elle n'a eu que des aventures décevantes. Entre deux changements de vitesse, j'ai droit à une brève caresse de sa main sur mon genou. Il est temps de définir nos rapports sans la heurter.

— Aujourd'hui je suis fiancé, et nous nous aimons beaucoup ma future femme et moi. Mais vous savez, Clotilde, si je vous avais rencontrée en premier, je n'aurais pas hésité...

Depuis ce matin, dans mon numéro de menteur patenté, je bats tous les records ! Cela doit faire partie de ma nouvelle personnalité. Mon laïus a fait mouche. Ma conductrice est tout émue. Elle me prend la main (ça tombe bien, c'est la gauche) et l'embrasse sans quitter la route des yeux.

— Vous me plaisez beaucoup, Pierre. Si vous n'êtes pas libre, on peut toujours rester amis ? Non ?

— Pourquoi pas ?

C'est ça, noie le poisson, crétin ! Profite de cette pauvre fille. Je passe le reste du trajet à me faire des reproches.

— Voilà, c'est cette maison.

— Oh, vous habitez un bel endroit !

— C'est la demeure de mes parents. D'ailleurs ma belle-mère m'attend.

— Ah, bon. Je vais vous laisser en famille.

— Il n'en est pas question. Vous êtes mon invitée.

Elle m'adresse un sourire éblouissant et me dépose un baiser sur la bouche.

— C'est le premier et le dernier. Ça vous va ?

— Ça me va.

Fabienne est ahurie de nous voir débarquer. Je lui fais comprendre d'un clin d'œil de ne pas contester mes paroles.

— Je me suis disputé avec le médecin du Centre et suis parti en catimini. Heureusement, j'avais conservé les coordonnées de Clotilde qui m'a conduit jusqu'ici. Elle avait déjà fait mon transport de Perros-Guirec à Saint-Brieuc.

Je présente les deux femmes l'une à l'autre.

— Clotilde n'a pas dîné. Je lui ai promis un bon petit repas… que je prépare aussi.

Finalement, ça se termine joyeusement à la cuisine où, tous les trois, on ingurgite des choses délicieuses comme si l'on était à jeun.

Je raccompagne Clotilde à son ambulance, et lui propose de régler son déplacement.

— Il n'en est pas question, Pierre. Vous m'avez donné bien plus qu'un défraiement. Je serai toujours là pour vous.

Incroyable! Comment est-ce possible? Comme ça, en quelques instants, je peux susciter des affections aussi fortes? Allô, professeur Mallard… Et, comme un idiot, je l'embrasse tendrement.

— C'est le deuxième, mais vraiment le dernier. Ça vous va?

— Ça me va…

La honte au cœur, je rejoins Fabienne. Le moment de détente est vite gâché. La menace de Chartier à mon sujet n'est pas un détail négligeable. Fabienne a du mal à concevoir une telle attitude chez cet homme qui l'a reçue aimablement et lui a inspiré confiance.

J'appelle le capitaine pour le mettre au courant de mes dernières pérégrinations.

— Allô, capitaine? C'est…

— Oui, je vois… Pas de nom. Du nouveau?

— Je me suis sauvé…

Et je lui conte ma fuite après les paroles hostiles de Chartier, informé de ma visite au Roumain.

— Ça, c'est plutôt bon signe. Le loup va sortir du bois pour vous retrouver.

— Et moi, je tirerai dessus avec ma kalachnikov?

— Calmez-vous. Je vais m'organiser pour votre protection. Ne sortez pas de votre maison.

— Et ma belle-mère?

Il ignore ma question.

— J'ai une bonne nouvelle grâce à vos informations. Les parents de l'adolescent renversé par une voiture étaient là quand je suis entré dans sa chambre. Après le discours du chef de clinique, lorsque je suis revenu pour la deuxième fois, j'ai pu l'examiner avec leur aide. Pas besoin d'être médecin pour constater son état lamentable: mal nettoyé, des escarres abominables, il était clair qu'on attendait sa fin. Avec son père et sa mère, on a décidé de le transférer en urgence dans un hôpital en province, spécialisé pour les cas désespérés.

— Comment le faire sortir sans…

— Nous avons plus de pouvoirs que vous ne le supposez. Ce sera fait demain. Inutile de vous dire que ce n'est pas sans provoquer des remous. J'espère qu'ils déborderont du cadre légal, ça nous facilitera la tâche.

— Bravo, capitaine… Et… Et Marie? Vous en êtes-vous occupé?

Son hésitation me fait craindre le pis.

— Oui… Mais sans résultat pour le moment.

— C'est-à-dire?

— J'ai envoyé un de mes hommes à son domicile par trois fois. Mais elle n'y est pas. J'ai demandé au juge d'instruction l'autorisation pour trouver son numéro de portable. Avec son nom et son adresse, on l'obtiendra en cherchant chez tous les opérateurs. On aura même le lieu de son dernier appel, reçu ou donné.

— On peut faire ça ? Incroyable !

— Oui. Vous n'imaginez pas tout ce que la police peut faire pour vous !

Il rit de sa plaisanterie en forme de slogan Citroën, et me souhaite la meilleure soirée possible. Je commence à vraiment estimer cet homme. Pourtant un vague remugle de souvenir me suggère que mes rapports avec la police n'ont pas toujours été au beau fixe. Mais quand ? Pendant un bal des « Quat'Z'Arts » à tous les coups. Cette fête débridée organisée par les élèves architectes à l'École des Beaux-Arts engendrait parfois des frottements avec les forces de l'ordre.

Je rejoins ma belle-mère pour lui faire part des propos du policier. Elle est dubitative, son penchant caritatif l'empêchant de croire à de telles exactions dans le milieu hospitalier. Mon bras enserré sous le plâtre de mon attelle me démange furieusement. Qui va m'enlever ce machin, maintenant ? Je m'en occupe demain.

En marchant de long en large dans le salon, j'aperçois tout à coup, à travers la baie donnant sur la rue, une BMW qui passe doucement. C'est le même modèle que celui appartenant à Popeye, le kinésithérapeute. Je me plaque aussitôt contre le mur, en ressentant un battement cardiaque anarchique. Impossible de distinguer le conducteur. Fabienne qui rédigeait un texte perçoit mon mouvement.

— Qu'est-ce que tu as vu ?

— Une voiture qui pourrait appartenir à un kiné du Centre.

— Tu deviens paranoïaque, Pierre. Ce n'est pas un centre de délinquants !

— Qui sait ?

— Tu devrais aller dormir après cette journée. C'est l'heure de toute façon.

— Oui. Je vais essayer.

J'essaie et j'arrive par intermittence à me déconnecter de mes tourments. En pleine inconscience, Beethoven estropié me fait sursauter en piaillant dans mon téléphone.

— Allô ?

— Une femme, comme vous me l'avez décrite avec le nom qui correspond, vient de prendre l'avion à Roissy pour le Sénégal.

— Quoi ?

— Oui. Sauf que…

— Oui, dites !

— Je voudrais vérifier un détail. Vous avez un ordinateur ?

— Celui de ma belle-mère.

— Parfait. Envoyez-moi les coordonnées par SMS. Je vous transmettrai la photo prise par les caméras de surveillance.

— Que…

— Je ne peux pas vous parler davantage. À plus tard.

Les murs de la maison s'imprègnent de jurons que ma saleté de mémoire régurgite sans faillir. Je descends du premier étage à une vitesse qui aurait la faculté de m'équiper d'une seconde attelle. Personne ! Un petit mot sur la table de la cuisine, contre mon bol de café, précise que Fabienne reviendra pour le déjeuner. Je suis désespéré, condamné à toujours attendre quelque chose ou quelqu'un. L'image d'un carnet d'adresses se matérialise quelque part entre les jurons. Je remonte plus doucement et trouve dans mon sac, sous le linge sale, mon portefeuille et mon carnet. L'adresse mail de Fabienne est notée clairement, contrairement à la plupart des autres. Ce qui me choque. Ma vie future doit s'organiser avec méthode.

J'envoie immédiatement les renseignements au capitaine avec mon téléphone, tout en réalisant que je n'ai pas le code pour ouvrir son PC. Je dois donc attendre pour visualiser la photo. Attendre, je ne sais faire que ça. Avant d'aller boire mon café, j'entreprends ma toilette, cette fois-ci sans aide. Ça ne va pas très loin, et je fais confiance à mon eau de toilette pour atténuer d'éventuelles odeurs indésirables.

Énervé, démoralisé, j'épie la circulation au-dehors, redoutant de voir apparaître la BMW de Popeye. La voiture de Fabienne qui se gare devant le portail met fin à des triturations cérébrales oiseuses.

Nous prenons le temps pour des effusions plus longues que par le passé. La beauté de ma belle-mère me procure une sensation de bien-être comme si j'étais un petit enfant. Par moments, car d'autres fois je la regarde comme un homme, en connaisseur. Nos embrassades terminées, nous ouvrons l'ordinateur avec fébrilité. Le mail du capitaine est accompagné d'une pièce jointe : « *Dites-moi rapidement si la personne est bien madame Marie N'Diaye.* » Clic sur le document. Apparaît une femme qui, si la peau est bien sombre, n'est pas Marie. Est-ce une bonne ou une mauvaise nouvelle ?

— Appelle-le, dit Fabienne, ce sera mieux qu'un mail.

Ce que je fais.

— Oui ?

— Pardon, capitaine, j'ai été un peu long à répondre.

— Et alors ?

— Ce n'est pas elle !

— Ah !

— C'est… mieux ou…

— C'est une indication très utile.

— Oui, mais ça veut dire quoi ?

— Que la femme que nous cherchons est toujours ici.

— Alors, vous…

— Pardon de vous couper, mais c'est mon boulot de la trouver.

— Comment avez-vous douté de son identité ?

— Regardez bien la photo. Derrière celle qui prétend être qui vous savez, il y a un enfant d'une dizaine d'années.

— Oui. Qu'est-ce…

— … Elle ne le dépasse pas de beaucoup. Or vous m'avez dit que votre amie était grande, presque comme vous.

— Bravo. Votre sens de…

— Désolé, nous avons des travaux urgents. À bientôt.

J'avais mis le haut-parleur du portable, et je constate que Fabienne est inquiète. Pas autant que moi. Lassalle, ou sa bande, veut faire croire que

Marie est partie dans son pays. Au cas où il y aurait une enquête. Que craint-il ? Où est la vraie Marie ? Est-il responsable de sa disparition ? Que va-t-il se passer s'il l'a séquestrée ?

Ma belle-mère tente de me rassurer.

— Ce ne sont pas des assassins tout de même. Et puis, le policier me semble efficace. Il va localiser ton amie très vite, tu peux en être sûr. Il a déjà eu l'idée de lancer une alerte à la direction centrale de la Police aux frontières. Ce qui a fonctionné ! Sans traîner !

— Ça veut peut-être dire aussi qu'ils ont découvert des horreurs, et qu'ils sont sous pression !

— Ne sois pas aussi pessimiste.

C'est ça. Tout va s'arranger. Il suffit… d'attendre, encore et toujours. Je ne sais pas si je dois ce comportement à ma personnalité actuelle.

— Dis-moi, j'étais impatient avant… avant mon accident ?

— Oh, oui ! Depuis que tu es né, c'est une constante de ton caractère.

Bien ! Tout n'est pas bouleversé dans ma caboche. La preuve : mon vocabulaire populaire émerge encore.

— Tu me connais depuis que je suis né ?

— Forcément puisque ta mère était ma meilleure amie depuis l'enfance.

— Mais alors… tu n'as jamais été mariée ?

— Si. Nous avons divorcé après dix ans de vie ensemble. D'un commun accord. Nous nous ennuyions, mon mari et moi. Trop différents dans tous les domaines. De temps en temps nous nous téléphonons, plus par politesse que par intérêt.

Je suis médusé, comme si je découvrais la vie, les années antérieures, noyées dans la brume, n'apportant plus aucune référence.

— Pas d'enfant, je suppose?

— Non. Ou plutôt si: toi!

Je vais vers elle, la prends par le cou et l'embrasse, le cœur ébréché. Elle ferme les yeux et me caresse la joue.

La laissant à son travail (elle doit tenir une conférence la semaine prochaine), je vais ruminer dans mon coin. Avec la volonté de trouver une solution pour agir. Si Marie est en danger, ce qui est plus que probable, il faut aller à son secours. Je ne vais pas commencer notre vie en étant un lâche. Oui, alors? Alors… si je vais voir le docteur Lassalle, en lui intimant l'ordre de m'indiquer où est Marie… je donne un coup de pied dans la fourmilière.

Il me répond qu'elle est au Sénégal…

Je lui déclare que ce n'est pas vrai…

Il me dit: « Comment le savez-vous? »

Non, ce n'est pas le bon angle d'attaque. Il vaudrait mieux… C'est ça, je tiens la bonne idée. Comment la mettre en pratique?

— Fabienne! Pardon de te déranger… il faut enlever mon attelle. Je vais me débrouiller avec Clotilde. Elle doit bien connaître un établissement.

— Et puis, elle sera tellement heureuse d'être avec toi!

— Ce n'est pas…

— Ne joue pas avec elle. Elle est trop… gentille et entière.

— Je sais. Les choses sont bien précises. Je lui ai dit que j'étais fiancé avec Marie.

— N'en abuse pas pour autant. Sur le plan sentimental, les femmes savent tout, devinent tout, dirigent tout.

Sauf qu'elles se trompent aussi, et peuvent passer dix ans de leur vie à s'ennuyer avec un bonhomme. Je m'abstiens de tout commentaire.

— Allô, Clotilde ?

Tout est réglé en quelques phrases.

— Je pense que tu n'as pas besoin de moi ?

Fabienne n'a même pas levé la tête de sa rédaction.

— Non, tu le sais bien.

Deux heures de tension nerveuse plus tard, je sors rejoindre la madone des ambulances avec une recommandation :

— Fais très attention à toi !

— Ne t'inquiète pas !

En refermant la porte, l'ordre du capitaine retentit dans ma tête : « Ne sortez pas de votre maison. » Ce qui me fait jeter un coup d'œil à droite et à gauche avant de franchir le portail.

— Vous redoutez quelque chose, Pierre ?

Clotilde s'est maquillée avec soin, et je suis sûr que si elle n'était pas en service au volant de son engin, elle se serait mise en valeur avec une robe et des escarpins. Elle est néanmoins attirante et m'embrasse, sur les joues cette fois, avec beaucoup de douceur.

— Je ne perturbe pas trop votre emploi du temps ?

— Pas du tout. Et même si c'était le cas, je m'arrangerais.

— Clotilde…

— Oui ?

— J'aimerais… que vous ne vous attachiez pas trop à moi…

Elle me scrute, devenue sérieuse.

— Il vaut mieux aimer quelqu'un et se sentir bien auprès de lui, plutôt que vivre dans la monotonie sans émotion.

Je ne trouve rien à dire, et résiste à l'envie de baiser sa bouche, dernière des choses à faire.

— En route! Suivez-moi, jeune homme.

Son amie kinésithérapeute officie dans un local bien situé sur le quai de Paimpol.

— Vous verrez, elle est très efficace. Et puis... vous ne risquez rien: elle vit avec une femme!

Je ne sais pas si je suis la cause de son état d'esprit guilleret ou bien si elle est naturellement gaie. Elle aide la kiné à m'enlever mon « échafaudage », bien que ce ne soit leur rôle ni à l'une ni à l'autre. Effectivement, la jeune femme est efficace et abaisse mon bras doucement en massant mon épaule. Puis elle le dispose dans un soutien en tissu passé autour de mon cou. En vingt minutes, je suis soulagé de cette position inconfortable.

— Voulez-vous que j'assure votre rééducation?

— Euh... Oui, volontiers, mais il faut que je planifie mon déplacement.

Nous convenons d'une heure quotidienne. Je commencerai dans deux jours.

— Je vous ramène chez vous, ou je vous dévergonde en allant boire un pot?

— Ni l'un ni l'autre, Clotilde.

Je lui explique qu'elle doit maintenant m'emmener à Perros-Guirec, à la clinique de Lassalle.

— Ah, bon! Une consultation?

— Oui. Si vous ne pouvez pas m'attendre et me ramener chez moi ensuite, je prendrai un taxi.

— Vous en avez pour longtemps ?

— Peut-être.

Elle regarde sa montre et réfléchit.

— Ça va aller. Si j'ai un imprévu, je vous laisse un message.

— Vous avez mon…

— Oui. Je l'ai ! dit-elle fièrement.

— Je vous en donnerai un autre dans quelque temps. Celui-ci est provisoire.

Nous roulons tranquillement vers ma destination. Son babillage, orienté sur la belle Bretagne, allège mon malaise vis-à-vis de l'entrevue projetée avec le médecin-chef.

— Je peux stationner devant la clinique aujourd'hui ?

— Oui. Pas de problème.

Elle s'arrête près de l'entrée, et vient m'aider à sortir de sa voiture.

— Bon courage, Pierre. Je vous sens tendu.

— Ça ira. À tout à l'heure.

Et je me jette dans la gueule du loup.

TEMPS 22

— C'est pourquoi, monsieur ?

Je reconnais vaguement l'hôtesse à l'accueil, mais pas du tout l'imposant bonhomme posté à côté du comptoir. Un vigile pour la sécurité ?

— Je voudrais voir le docteur Lassalle, s'il vous plaît.

— Vous avez rendez-vous ?

— Non, mais je pense qu'il me recevra quand même.

— Quel est votre nom ?

— Pierre Le Paugam.

Elle saisit son téléphone et compose le numéro de son patron. Après un bref échange, elle m'attribue le sésame. Le contraire m'eût étonné.

Bertrand Lassalle est debout derrière son bureau. L'analogie avec le diabolique professeur Moriarty, dans les aventures de Sherlock Holmes, me frappe d'emblée. En pis… J'insulte mentalement ma mémoire de me fournir soudainement cette comparaison.

— Votre venue est une surprise.

Si sa voix en était capable, je serais transformé en steak haché.

— Je le conçois. Pour moi c'est une démarche pénible, mais elle me semble nécessaire.

— Ah ! Et pour quelle raison ?

— D'abord je m'assieds, sans votre invitation.

— Oh, pardon ! Je manque à tous mes devoirs.

— C'est bien de le reconnaître…

Calé dans mon siège, je le fixe dans les yeux. J'évacue ma peur sans montrer ma colère froide, égale à la sienne.

— Marie et moi allons vivre ensemble, fonder une famille. Je sais qu'elle vous en a averti, et comprends très bien que cela ne vous plaise pas. Je suis passé par ce genre d'événement, avec les conséquences que vous connaissez. Je suis essentiellement ici pour vous demander : où est Marie ?

Il éclate d'un rire sauvage.

— Elle n'est plus là. *Pfffut* ! Partie ! Envolée ! Elle ne vous a rien dit ?

Je ne suis pas en état de lui coller mon poing dans la figure.

Pourtant c'est une envie dévorante.

— Non. Et je suis sûr que vous en êtes responsable.

— Allons, allons, qu'allez-vous imaginer ! Puisque vous désirez une conversation franche et directe, Marie m'a donné sa démission après la déclaration de votre relation, et par là même, sa rupture avec moi. Je ne l'ai pas revue depuis.

Désarçonné, je dois exprimer un sentiment très lisible.

— Vous ne me croyez pas ?

Il ouvre son sous-main dont il retire une feuille de papier, comme s'il s'attendait à la montrer bientôt. Il me la tend avec un sourire destructeur.

« *Je soussignée, Marie N'DIAYE, aide-soignante… etc. donne ce jour ma démission de mes fonctions au chef de clinique le docteur Bertrand Lassalle… etc.*

Signé, etc. »

Je ne connais pas la signature de Marie et ne peux donc pas la mettre en doute. Il me reprend le document sans attendre.

— Si elle ne vous a rien dit, c'est, à mon avis, que ses sentiments à votre égard ne sont pas ce que vous croyez.

Une explosion se produit quelque part, dans ma cervelle… Comment réagir ? Je perds le contrôle de mes moyens.

— Nous nous aimons, Marie et moi, comme rarement deux êtres peuvent s'aimer. Si Marie ne m'a rien dit, c'est qu'elle n'a pas pu, parce que vous l'en avez empêchée !

— Oh, vous m'accusez maintenant ? C'est grave, monsieur Le Paugam. Je ne l'accepterai pas.

— Je m'en fiche. J'ai un ami policier à qui j'ai demandé de l'aide. Il a reçu de la direction centrale de la Police aux frontières une photo d'une certaine Marie N'Diaye en partance pour le Sénégal ! Le souci est que ce n'est pas elle ! J'ai vu le cliché.

L'expression de Lassalle change. Il tapote son bureau du bout des doigts.

— Vous êtes… un obstiné, monsieur Le Paugam. Un obstiné fouineur. Je m'en suis rendu compte dans ma clinique, et mon beau-frère aussi. C'est extrêmement désagréable.

— Et vous, avec votre beau-frère, vous vous livrez à la plus atroce pratique au monde : le trafic d'organes humains.

— Obstiné… fouineur… affabulateur… Je crains que vous ne soyez pas guéri de votre AVC…

— Comment ? Qu'est-ce que vous osez…

— … Je regrette, mais je vais devoir vous garder encore un peu.

Paniqué, je me lève pour fuir. Mais il a appuyé sur un truc posé au coin du sous-main et, quand j'ouvre la porte, deux colosses me barrent le chemin.

— Mettez monsieur Le Paugam dans l'unité 4. Je passerai plus tard.

Ils se saisissent de moi et m'entraînent comme un chiffon. Je hurle le temps d'aller aux cages d'ascenseurs, ce qui ne sert à rien étant donné que le couloir est désert. Les brutes ne me manifestent aucun intérêt. Au deuxième sous-sol, nous entamons un périple en franchissant plusieurs portes métalliques, et aboutissons dans une petite pièce aux murs capitonnés. On m'enlève le soutien de mon bras, et l'on m'enveloppe d'une camisole, étroite comme un tuyau, dont les manches se terminent par des cordons noués dans mon dos. Puis, toujours sans un mot, les deux gorilles m'asseyent sur le sol, dos au mur, et s'en vont. Je suis anéanti de frayeur. Je me suis moi-même neutralisé par inconscience. Mon pseudo-courage pour aider Marie n'aura servi qu'à aggraver notre conjoncture.

Une lampe encastrée dans le plafond projette une lumière lugubre. Pas un meuble. L'image même du désespoir, de la condition non humaine. Je ferme les yeux à la recherche d'une énergie pour calmer la tempête sous mon crâne. J'ai dû réussir à m'évader un peu car je tressaille en entendant l'arrivée de Lassalle, accompagné de Jeanine portant un plateau.

— Alors voilà, monsieur Le Paugam. On va vous administrer un traitement sur plusieurs jours pour apaiser vos angoisses. Il est évident, pour une cause inconnue, que vous avez développé un syndrome psychique pathologique. Je me dois donc d'intervenir. Nous avons prévenu votre belle-mère de cette réaction inattendue. Il est possible que dans un bref délai nous soyons amenés à une intervention chirurgicale, si une hémorragie cérébrale résiliente est découverte. Ce qui arrive quelquefois.

— C'est ça ! Et je deviendrai comme un légume grâce à vos bons soins !

— Jeanine, vous faites l'injection prévue à monsieur Le Paugam.

Tandis qu'elle évacue l'air de la seringue d'une chiquenaude, je reprends un peu d'espoir. Si ce salopard a vraiment averti Fabienne de ma prétendue crise comportementale, elle ne va pas rester inactive. Le policier non plus. À condition qu'ils soient en contact.

On m'a dépouillé de tout : mes vêtements, mes papiers, mon téléphone. Je ne sais plus si elle a noté le numéro du capitaine.

Aïe ! La piqûre à la base de mon cou est douloureuse. Je ne doute pas de ses effets nocifs sur la clarté de mes pensées.

— Jeanine, Marie a disparu. Elle est pourtant ici, croyez-moi.

L'aide-soignante demeure impassible à mes dires. Le chef de clinique a tout verrouillé. Il regarde sa montre pour évaluer le temps d'action du produit dans mon organisme.

— On va vous ramener au Centre de rééducation pour deux jours. Ensuite, je vous examinerai au bloc opératoire dont le planning est saturé pour le moment.

Il va ouvrir la lourde porte insonorisée.

— Clotilde ! Venez nous aider pour habiller monsieur Le Paugam.

Je dois commencer à délirer, car je vois mon ambulancière amoureuse s'approcher en souriant.

— Bonjour, Pierre. Désolée de ce qui vous arrive. Mais on va bien vous soigner, soyez-en certain.

Pas possible. Elle fait partie de cette affreuse association de trafiquants ! Mais oui, c'est logique. C'est la clinique qui l'a appelée la première fois pour me conduire au Centre de rééducation. C'était idéal pour me surveiller en cas de problème, sachant que je n'étais pas du genre à rester passif. Et je suis tombé dans le piège comme prévu.

— Salope !

Mon cri est étouffé par l'engourdissement qui m'envahit. Lassalle s'en va, ainsi qu'un de ses deux primates. Clotilde et Jeanine entreprennent de me changer, ce qui ne présente plus aucune difficulté. Je suis mou, obéissant et euphorique. Elle a de très beaux yeux ma prévaricatrice… *Ah, ah ! d'où sort-il ce mot ?* Et sa bouche…

— Un beau fruit du péché !

— De quoi parlez-vous, Pierre ?

— De vos lèvres ! Un bisou, s'il vous plaît !

Les harpies médicales rient, ce qui fait mal à mes oreilles.

— Jean, tu nous aides à le relever ?

La créature des enfers me soulève vers les nuages en Néoprène blanc sale du plafond. Je ris aussi car l'on me chatouille les pieds en me mettant mes chaussures.

— En route !

Je me sens en lévitation sur ce chemin aéré. Le cyclope me dépose dans un char dont l'odeur m'est familière. Oui, c'est le parfum de mon égérie, déesse des chauffeurs.

— Je vous accompagne ? demande le monstre.

— Non, ce n'est pas la peine. On m'aidera au Centre.

Le char s'envole. Quelle sensation curieuse. Une main glisse sur ma cuisse.

— Mon pauvre Pierre…

— Vous allez me faire mourir ?

Elle émet un gloussement d'otarie.

— … Mourir… d'amour ?

— Ah, ça, je veux bien !

— Mais Marie ne voudra pas !

Une cascade de bruits telle de la vaisselle cassée souligne mon humour.

Clotilde… ma traîtresse… ma caresse… ma prouesse… ma bassesse… Une chanson se présente dans ma gorge et je la sonorise.

« *C'étaient, me direz-vous, de grasses roturières,*

Des nymphes de ruisseau, des Vénus de barrière

Mon prince, on a les dam's du temps jadis – qu'on peut… »

L'immense Prince des poètes, le maître universel des mots chantés et des nobles sentiments… Son nom n'arrive pas et je pars dans un monde délétère où tout est à la fois resplendissant et dégoulinant… en couleurs irisées et gadouilleuses… qui tournent, s'évaporent, se reforment et explosent…

On m'attrape encore.

— Allez ! Debout ! Vous êtes arrivé.

Est-ce l'endroit de la souffrance définitive ? J'erre dans ces gros nuages qui s'écartent au fur et à mesure que j'avance. Une main sort de ces turbulences pour me toucher la joue.

— Qu'est-ce qu'il s'est passé, exactement ?

Oh, mais je connais cette voix…

— Nous sommes sortis de chez mon amie kinésie à Paimpol, et sur le trottoir Pierre a eu un malaise. Il s'est mis à tituber, et j'ai eu juste le temps de l'asseoir dans ma voiture avant qu'il ne s'évanouisse. Je l'ai aussitôt conduit à la clinique de Perros-Guirec puisque c'est là que se trouve son dossier.

— Vous avez bien fait. Quel est le diagnostic du docteur Lassalle ?

— Je ne sais pas très bien. Rechute amoindrie d'AVC, éventuellement. Il l'examine dans deux jours, pour voir si son traitement a eu de l'effet.

— Quel genre de traitement ?

— Tranquillisant et anticoagulant, je crois.

— Je vais aller le voir. Merci beaucoup, Clotilde.

— De rien. Tenez, voilà ma carte si vous avez besoin de moi.

La main de… de… belle-maman… maman si belle, parcourt mon front. Les vapeurs de son parfum s'enroulent autour de moi, me soulèvent, et je flotte en tanguant dans l'éther.

De temps en temps, on m'ouvre la bouche pour y fourrer des choses que je mâche automatiquement.

Un diable immense surgit dans le brouillard pour vérifier si je suis bien enterré, et me faire une piqûre supplémentaire. Les doigts élégants ne cessent de palper la peau de mon visage, accompagnés de murmures enchanteurs. Brèves échappées dans l'Éden. Je suis englouti parfois dans un maelström noir et profond dont le vortex me propulse à une vitesse prodigieuse.

TEMPS 23

Quand il n'y a plus de temps… on est immobile… « *Avec le temps, va, tout s'en va… on oublie le visage et l'on oublie la voix…* »

Pas vrai ! Fabienne est là… les paroles sont tordues… je ne comprends pas toujours… Marie aussi est là… au chaud dans mon cœur… J'aimerais bien qu'elle sorte pour lui faire l'amour… Une onde se répercute dans chacune de mes molécules… le désir… fort… chaud… enveloppant comme des fumerolles… Les piqûres rythment l'absence des heures… Tiens, on me lève pour m'enlever mon… ce qui me couvre pour m'habiller d'autre chose… C'est bon… toutes ces mains douces sur moi… C'est qui ?

— Bonjour, Pierre. Contente de vous revoir.

Je connais… Elle s'approche, cette… silhouette… Clotilde !

— Non, pas vous !

— Enfin, Pierre, Clotilde va te conduire à la clinique, comme d'habitude.

— Ah, tu es d'accord aussi pour que je... disparaisse...

Fabienne met son visage tout contre le mien.

— Tu déraisonnes, mon chéri... J'ai hâte que tes tranquillisants cessent leur effet... Allez, viens. Je vais aider Clotilde.

Elles me lèvent et m'étendent sur un machin qui roule... Un spectre se décolle du mur, me pousse... les murs défilent... des ombres se précipitent sur moi sans me faire mal... Ah, l'air... le soleil... et le machin s'enfourne dans le char... à l'odeur familière... l'odeur de ma mort imminente...

— Papa ! J'aurais aimé te connaître...

— Tu vas le voir bientôt.

— En Enfer ou au Paradis ?

— Au Paradis, évidemment.

Ces rires m'écorchent l'âme.

Arrivé dans l'antre des ténèbres, on me transfère sur une autre planche qui roule. Un homme en bleu, avec une toque sur la tête et un masque sur la bouche, étend une couverture sur mon corps.

— Je l'emmène tout de suite au bloc.

Fabienne prend ma tête dans ses mains.

— Détends-toi. Tout va bien se passer.

Elle m'embrasse de sa tendre affection.

Dans quelques instants, au moment de perdre la conscience de ma vie, son amour et celui de Marie seront figés à jamais.

L'image de Dante traversant le Styx pour aborder l'Enfer, illustration de Gustave Doré, se substitue au plafond du couloir.

« *Vous qui entrez ici, abandonnez toute espérance.* »

C'est l'inscription sur la porte du bloc opératoire, tracée pour moi. Le machin qui roule fait un demi-tour sur place et se colle contre le lit de douleur. Et là, m'écrasant de toute sa stature, Hadès, le dieu des morts, me contemple avec le rictus du bourreau. Que viennent faire la mythologie et *La Divine Comédie* dans mes dernières hallucinations ?

Bertrand Lassalle fait un geste, et ses assistants me posent sur l'aire opératoire. On m'attache la tête avec une sangle sur le front, ainsi que mes bras et mes jambes. Un grand type vêtu de rose approche un appareil sur roulettes avec des tubes reliés à un masque. Je devine… comment ça s'appelle déjà… Bof ! M'en fous !

— Vous m'entendez bien, monsieur Le Paugam ?

— Oui… Quelle importance ?

— Ah, je vois que vous récupérez vos facultés. Pas pour longtemps d'ailleurs.

— Oui, je m'en doute. Comment allez-vous vous y prendre pour éliminer mon cerveau ?

Il se penche et murmure à mon oreille :

— C'est tout simple, monsieur Le Paugam, on va vous enlever un petit morceau de la boîte crânienne et…

Il ne finit pas sa phrase car la porte du bloc s'ouvre avec fracas.

— Police ! Reculez tous, vers le mur !

Malgré l'ordre hurlé dans les aigus, je distingue la voix de… Non, ce n'est pas possible, je suis déjà en Enfer… Avec un encéphalogramme plat ?

— Vous, dans la police ? Qu'est-ce…

— Reculez, Lassalle, je n'hésiterai pas à tirer !

— Bien ! Vous compromettez gravement la santé de monsieur Le Paugam. Et vous êtes dans un lieu stérile ! Quel gâchis !

— Mains en l'air, pour tout le monde ! Détache Pierre, s'il te plaît.

Quoi ! Un des deux gorilles qui m'ont enfermé me libère des sangles et me redresse. Clotilde est devant moi, une arme braquée sur le médecin-chef et ses assistants, regroupés au fond de la pièce. Je me mets à rire.

— Je prends mes rêves pour des…

Je n'ai pas le temps d'en dire plus qu'une nouvelle intrusion intempestive se produit.

— Police ! Posez votre arme à terre tout doucement, bras écartés.

Le capitaine, entouré de six hommes armés également, menace la jeune femme et son acolyte dans leur dos. Elle s'exécute, lève ses bras, se tourne vers les nouveaux arrivants, ainsi que le faux infirmier, et ils se présentent.

— Capitaine Ballard, DCPJ de Paris.

— Lieutenant Dutronc, même service.

— Nom de Dieu, où sont vos cartes ?

— Dans nos poches.

— Bernard, va les chercher… Ne bougez surtout pas.

— Mais non, voyons, on connaît la musique, monsieur « À-qui-ai-je-l'honneur ? ».

— Attendez deux secondes…

Le policier examine d'un coup d'œil les documents présentés par son collègue, et annonce à son tour :

— Capitaine Lentier, SRPJ de Brest. Qu'est-ce que vous faites ici ?

— La même chose que vous, mais on peut peut-être en discuter plus tard ?

— O.K. Je prends votre arme pour le moment.

— Vous êtes méfiants en Bretagne !

— Non, simplement prudents.

— Je ne voudrais pas vous déranger dans votre passionnant dialogue, mais j'aimerais savoir de quoi nous sommes accusés, car je suppose…

— Vous supposez bien, Lassalle : trafic d'organes… pour l'instant.

— Ah ! Parce qu'il pourrait y avoir un autre motif ?

— Taisez-vous. Ça suffit pour vous arrêter.

— Sur quelle preuve ?

— Le témoignage du Roumain que vous m'avez chargée de mettre au train, et que j'ai mis… au chaud ! Et puis…

Clotilde est face au médecin et je discerne dans sa voix une nuance dangereuse.

— … Et puis, une tentative de mutilation sur la personne de monsieur Pierre Le Paugam. Nous savons qu'il est en parfaite santé, et que votre intervention n'était destinée qu'à détruire son cerveau. Nous intervenons en « flag », dans notre jargon ! En flagrant délit, si vous préférez.

— En ce qui concerne le Roumain, j'ai rendu service à un clandestin souffrant d'une infection grave. Quant à monsieur Le Paugam, je crois que vos connaissances médicales ne vous permettent pas de juger de son état.

— Pour le Roumain, son témoignage vous accablera, et j'ai confisqué les huit mille euros que vous lui avez donnés. Pour Pierre… Le Paugam, nous avons le diagnostic de… On vous dira plus tard.

Pour le moment, vous allez au commissariat afin d'y subir un interrogatoire plus… poussé.

— Vous commettez…

— … Une erreur, oui, on sait, mais on la fait quand même.

Toujours assis sur ma table d'opération, j'assiste à un spectacle qui me subjugue. Bertrand Lassalle ne perd rien de sa combativité malgré des arguments terribles en sa défaveur. La transformation de la douce Clotilde, amoureuse de son… déglingué, en justicière sûre d'elle-même, me paraît digne d'un scénario. Même Lentier a l'air impressionné par la maîtrise de sa collègue. C'est à son tour d'intervenir. Il s'adresse aux assistants du chirurgien.

— On va tous vous conduire au commissariat, ainsi que tout le personnel de la clinique, au fur et à mesure que l'hôpital nous fournira des aides-soignants intérimaires.

L'anesthésiste se risque à poser une question.

— Et les patients ?

— La clinique sera fermée dès qu'ils seront tous répartis dans les établissements les plus proches, en fonction de leur cas médical. Messieurs, évacuez-moi tout ce beau monde.

Le lieutenant Dutronc lève la main.

— Je peux aider vos hommes, mon capitaine ?

— Bien sûr. Merci de le demander.

Nous nous retrouvons tous les trois, chacun orienté vers des réflexions probablement différentes. Inconsciemment, je profère des onomatopées discrètes. Ce qui attire l'attention de Lentier.

— Vous voulez dire quelque chose, monsieur Le Paugam ?

— Oui : quand allez-vous chercher Marie ?

— Mais… tout de suite ! On va fouiller partout dans l'immeuble. Il y a aussi le Centre de rééducation… Et les domiciles de ces messieurs les directeurs. J'ai obtenu les commissions rogatoires sans problème.

— Le capitaine Lentier est un professionnel !

— Votre remarque est ridicule.

— Vous n'avez pas l'air d'apprécier que, si je n'avais pas été là la première, monsieur Le Paugam aurait été gravement atteint par ce salaud de chirurgien.

Un bref silence de bien vivant ponctue l'échange acerbe. Le capitaine Lentier, immobile, fixe le sol.

— Vous saviez à Paris que ce pouvait être une grosse affaire ?

— On suspectait un trafic d'organes international, mais cette clinique avait si bonne réputation ! On avait du mal à y croire.

Clotilde se tourne vers moi, la mine assez contrite.

— Vous ne nous avez pas simplifié la tâche, monsieur Le Paugam.

Lentier renchérit :

— Ah, ça ! On ne peut pas dire le contraire.

De ma condition à la lucidité nébuleuse, je passe au stade éberlué.

— Quel culot ! C'est moi qui ai déclenché votre entrée en service, capitaine, par l'intermédiaire de mon père. Quant à vous, Clotilde, « Capitaine-je-ne-sais-plus-qui », je ne comprends pas bien votre numéro de séduction.

— Pardonnez-moi. Il fallait gagner votre confiance, car nous savions que vous n'aviez pas un tempérament… inactif.

— C'est ça ! Et si j'étais tombé amoureux de vous, aujourd'hui je serais largué comme un encombrant. Belle déontologie !

Lentier, stupéfait, guette la réponse de sa collègue, tout à coup très gênée.

— Qu'est-ce que c'est, cette histoire ?

— Une histoire entre Pierre et moi.

— Ah, parce qu'il y a une histoire personnelle entre vous et un témoin principal en pleine investigation ?

Le témoin se doit d'intervenir. Comme d'habitude, j'ai réagi inconsidérément.

— Non, capitaine Lentier, il n'y a pas de relation entre nous. Clotilde… Le capitaine est une jolie femme et, un peu perdu dans mes émotions, j'ai cru que je ne lui étais pas indifférent. C'est tout. J'aime Marie et ne suis pas du genre à m'éparpiller.

— Je préfère ça. Allez, au boulot !

Clotilde affiche son beau sourire, reconnaissante de ma mise au point. Flic ou ambulancière, je suis certain que, une fois tous les deux seuls, j'aurais eu droit à son troisième baiser, mais « vraiment le dernier ».

— Vous êtes en état de faire votre déposition maintenant, ou vous préférez vous reposer ?

— Je viens avec vous, je suis resté sans rien faire depuis trop longtemps.

Clotilde m'aide à descendre de la table d'opération, mais ma tête danse encore la valse, et elle m'installe dans un fauteuil roulant.

Nous sortons du bloc, Lentier en premier. J'ai droit à une petite caresse dans mes cheveux. Je suis… Nom de Dieu ! J'ai oublié, et apparemment je ne suis pas le seul, un élément primordial.

— Capitaine Lentier!

Il se retourne.

— Oui?

— Le téléphone!

— Quel téléphone?

— Celui que j'ai dissimulé dans le bureau de l'interne!

Il marque son étonnement, la bouche ouverte.

— Bravo! J'avais totalement zappé.

Nous nous précipitons vers le lieu, pour trouver la porte fermée à clef.

— Attendez-moi, je vais voir à la réception.

Lentier part en courant, tandis qu'un silence chargé d'un je-ne-sais-quoi nous enveloppe, Clotilde et moi. Finalement, elle vient devant moi, me prend le visage et m'embrasse passionnément. Nous nous regardons intensément.

— Mes sentiments pour vous ne sont pas du pipeau. Pensez ce que vous voulez, Pierre, et soyez sans crainte, je respecterai votre vie avec Marie.

Une multitude de fragments émotionnels, sans chronologie, s'émulsionne dans ma tête. Ai-je vécu des histoires semblables dans ma vie d'avant? Suis-je un collectionneur de femmes, sans autre satisfaction que la conquête dénuée d'estime envers mes proies? En l'occurrence, je n'ai rien fait qui…

— C'est le jour de congé de l'interne! J'ai sa clef!

Lentier nous crie sa phrase du bout du couloir. Heureusement, nous sommes revenus à des postures normales, mais sans aucun remède à mes tourments introspectifs. Nous entrons chez l'interne.

— Sur quel côté de l'armoire?

— Là, sur la droite.

Le policier, beaucoup plus petit que moi, prend une chaise et monte dessus.

— Vous êtes sûr que c'était là ?

— Absolument.

— Désolé, mais il n'y a rien.

Je suis effondré. Tous ces efforts voués à l'échec...

— On va demander à la société qui fait le nettoyage de la clinique.

La phrase de Lentier est dite sans conviction. Si mon smartphone a été récupéré par une personne faisant le ménage, on a peu de chance de le retrouver : ou elle l'a gardé pour elle, ou elle l'a remis à la réception, c'est-à-dire dans les mains de Lassalle.

— Ne soyez pas trop déçu, Le Paugam, on a déjà de quoi le faire tomber. Il faut aussi aller cueillir l'interne à son domicile. En route !

Au rez-de-chaussée, c'est un tohu-bohu tout à fait descriptible. Les policiers placent les membres du personnel présents dans des minibus, alors que d'autres arrivent pour les remplacer.

Fabienne se précipite vers nous.

— Je viens de voir passer le docteur Lassalle menotté ! Quelle est la raison de tout ce bazar ?

— On ne peut rien vous dire maintenant, sauf que Pierre a échappé à une grave mutilation de son cerveau.

— Comment, Clotilde ? Vous n'êtes pas ambulancière ?

— Madame Le Paugam, s'il vous plaît, rentrez chez vous. Nous emmenons votre beau-fils au commissariat pour sa déposition, et ensuite on le raccompagnera.

— Vous ne voulez pas m'en dire plus ?

— Pas maintenant.

— Fabienne, ne te tracasse pas, je me sens bien. Je te raconterai plus tard.

— Et Marie ?

— Justement, on s'en occupe. À tout à l'heure.

Elle est bouleversée. Sa conception optimiste de notre monde occidental se fissure. Mon père lui a sans doute aménagé une bulle protectrice au sein de laquelle se sont épanouis son travail et sa culture. Elle nous suit, désemparée, jusqu'à la voiture de Lentier, et je la vois agiter la main à mon intention jusqu'à ce que nous disparaissions de sa vision.

TEMPS 24

Le commissariat de Brest est bondé. Assis dans un vaste bureau où plusieurs policiers travaillent, je viens de finir ma déposition. Lentier a donné des ordres pour que je sois entendu en premier, compte tenu de mes épreuves physiques.

Un fonctionnaire, aimable et précis, me conduit ensuite dans le bureau du capitaine.

— Vos ennuis sont terminés, monsieur Le Paugam. Vous allez…

On frappe à la porte.

— Oui ?

— Un certain Jean-Jacques Quéré insiste pour voir monsieur Le Paugam. Il a quelque chose à lui remettre en main propre.

— Faites-le entrer.

— Oui, mais c'est délicat, patron.

— Quoi ? Allez, dites !

— Il travaille à la clinique de Perros-Guirec, et vous nous avez donné l'ordre d'intercepter tout le personnel pour audition. Il attend son tour.

— Ça n'est pas incompatible. Allez le chercher.

En me voyant, lorsque mon brave kinésithérapeute entre dans le bureau, son visage se détend.

— Pierre ! Enfin ! Bonjour, monsieur.

— Capitaine Lentier. Vous vous connaissez bien, je crois, avec monsieur Le Paugam.

— Jean-Jacques m'a remis sur pied. Grâce à lui, j'ai retrouvé ma mobilité.

— Vous avez fait aussi des efforts considérables, mon cher Pierre.

— Que vouliez-vous donner de particulier ?

— Ceci.

Jean-Jacques tend un petit paquet ficelé avec soin que Lentier saisit en premier et décortique. Apparaît... mon smartphone scotché sur sa batterie extérieure !

— C'est bien le vôtre ?

— Oui, mon capitaine. Comment vous l'avez récupéré, Jean-Jacques ?

— C'est Marie qui me l'a confié le jour où elle a démissionné. Elle m'a fait jurer de vous le rapporter, à vous et à personne d'autre. Mais vous n'étiez plus là quand je suis allé à votre chambre. Pourquoi tout le monde est ici aujourd'hui ?

Lentier ne me laisse pas répondre.

— Il y a de graves soupçons sur le fonctionnement de la clinique, et nous devons enquêter auprès de vous tous qui y travaillez. Vous serez auditionné comme vos collègues. Merci en tout cas d'avoir insisté pour le téléphone.

Jean-Jacques congédié, nous nous penchons sur l'appareil. Les batteries sont à plat et je n'ai pas le chargeur. Le policier appelle un de ses hommes pour remédier à la panne.

— Il y en a pour quelques heures. Si votre piège a fonctionné, nous aurons peut-être des éléments à charge supplémentaires. Le mieux est de regagner votre domicile en attendant. Je vous téléphone dès que j'ai écouté votre enregistrement. Voilà. Venez avec moi. Vous pouvez marcher ?

— Je ne sais pas. Il vaut mieux que je garde mon fauteuil roulant... Si vous voulez bien me pousser !

— Quelques mètres seulement. Après, un de mes collaborateurs s'occupera de vous. Vous auriez préféré que le capitaine Ballard, euh... Clotilde, le fasse ?

— Sans hésitation. Où est-elle actuellement ?

— Au travail ! Vu le nombre de gens à questionner !

— Vous lui transmettrez mes salutations... et mes remerciements.

— Je n'y manquerai pas. Vous aurez le plaisir de la revoir, car vous serez bientôt convoqué pour une confrontation avec le docteur Lassalle afin de vérifier la corrélation entre ce qu'il vous a dit depuis le début de votre hospitalisation et ce que vous en avez perçu. La capitaine Ballard sera présente. Le bon docteur est en garde à vue pour vingt-quatre heures, renouvelables une fois.

*

Mon retour à la maison est une véritable fête ! Fabienne est un être sensible, et tout ce qui affecte son petit monde prend des proportions exagérées. Elle me témoigne un attachement qui me touche profondément. Je n'avais pas ressenti cette intensité de bien-être entre nous auparavant.

Je lui explique tout ce qui est arrivé depuis mon départ de la maison en compagnie de Clotilde. Elle est horrifiée et consternée par les manigances de la clinique, pour le trafic d'organes d'une part, et d'autre part sidérée par les actions simultanées des policiers, d'ailleurs déclenchées par elle-même avec mon père. Malgré tout, elle avait eu du mal à accepter la culpabilité de Lassalle et son beau-frère, espérant sans doute que je me trompais.

— Au fait, tu n'as aucune nouvelle de Marie ?

Le charme est rompu. Le drame de son absence m'enfonce violemment dans l'angoisse. Je me reproche d'avoir oublié Marie depuis mon retour à la maison. Fabienne s'en rend compte et, maladroitement, tente de me rassurer. Sans succès. Je suis reparti dans un cycle destructeur. Je commence à en connaître les effets.

Après le déjeuner, tardif mais somptueux, ma belle-mère insiste pour que je m'étende sur le canapé. Elle me masse les tempes, geste apaisant qu'elle a toujours fait lors de mes maux de tête, ce qui finit par m'endormir. La nuit est tombée quand je me réveille en sursautant, alerté par la sonnerie du téléphone. Fabienne se dépêche d'attraper le combiné, échange quelques mots brefs, alternés de longs silences.

Puis elle raccroche et reste un moment la main immobile sur l'appareil. Je suis instantanément sur le qui-vive.

— C'était pour moi ?

— Oui. Le capitaine Lentier veut te voir demain matin, à dix heures.

— Il t'a dit pourquoi ?

— Il y a des éléments intéressants sur ton enregistrement, et il voudrait aussi interroger Lassalle en ta présence… Je te conduirai.

— C'est tout ?

— Oui.

— Vraiment ?

Elle se tourne vers moi, et je devine qu'il n'en est rien.

— Oui… Je vais préparer le dîner.

Elle s'esquive pour ne pas subir mes questions. Étourdi par un pressentiment atroce, je m'enferme au cours de la soirée dans un mutisme dont Fabienne, malgré tous ses efforts, ne parvient pas à me sortir. Cet état dure toute la nuit, entrecoupé de phases de demi-sommeil cauchemardesques.

Nous partons pour Brest vers huit heures, je suis troublé chacun par des pensées inquiétantes.

*

— Vous avez récupéré des forces ?

Le capitaine Lentier m'accueille le mieux possible, ce qui augmente mon appréhension.

— Ça va… Qu'avez-vous trouvé dans mon enregistrement ?

Il sourit avec une réelle bienveillance.

— Je suis assez bluffé par vos suspicions et l'obstination dont vous avez fait preuve. Le résultat est payant. Je ne vais pas réécouter votre prise de son avec vous, elle est restée au laboratoire car il y a encore des bruits à travailler. Néanmoins, je peux vous révéler brièvement qu'une conversation téléphonique entre Lassalle, son interne et un oligarque d'Azerbaïdjan est bien enregistrée par votre smartphone, audible et sans ambiguïté. Il y est question d'une transaction pour une greffe de cœur d'un montant de cent mille dollars. Un rendez-vous est fixé à Gstaad, en Suisse, au Gstaad Palace. On entend clairement Lassalle préciser que le donneur est prêt… Grâce à vous, nous avons une preuve supplémentaire relative au trafic d'organes auquel se livrent le chirurgien et sa bande.

— Pourquoi « supplémentaire » ? Il y en a d'autres ?

— Oui. En fouillant dans son passé, nous nous sommes intéressés à l'orphelinat de Cap Skirring, au Sénégal, là où il a recruté votre amie Marie N'Diaye. Nous avons été en contact avec un officier de police locale, lequel enquête toujours sur des morts suspectes d'adolescents au sein de l'établissement, et des mutilations. Il pense avoir bientôt des preuves accablantes contre des médecins, ainsi qu'un lien évident avec Lassalle…

— Vous voulez dire que ces gens n'ont pas hésité à tuer des enfants pour prélever des organes ?

Lentier pose ses yeux sur moi, mais son regard me traverse, orienté sur un magma terrifiant exsudé par la race humaine.

— Monsieur Le Paugam, le trafic d'organes humains, aujourd'hui, est un marché qui explose. Partout sur la planète, là où il y a des guerres, des individus fondent sur la population en errance, dans les camps de réfugiés, pour acheter ou voler les organes que des riches clients leur commandent. Ils n'ont aucun scrupule pour tuer leurs proies dans certaines régions, accompagnés de petites équipes spécialisées qui effectuent les prélèvements. Ne croyez pas que les gouvernements ne réagissent pas, mais l'ampleur du phénomène est gigantesque… Bertrand Lassalle fait partie d'un vaste réseau et, entre autres grâce à vous, nous allons le démanteler… j'espère.

C'est infect. Depuis la Shoah, je n'ai pas été aussi atteint par le dégoût. Je m'extirpe soudainement de mon malaise.

— Que se passe-t-il à Gstaad ? Vous avez su quelque chose ?

Le policier hoche la tête et, avec lenteur, ouvre une chemise cartonnée posée sur son bureau. Il prend une chaise, vient s'asseoir à côté de moi, sans me montrer son contenu.

— Je n'ai pas le droit de vous donner de faux espoirs. Cela va être très dur pour vous si nous n'arrivons pas à temps. En tout cas, nous avons trouvé Marie N'Diaye.

Il ouvre le PC en grand, et me désigne l'écran. L'image n'est pas nette car elle a été agrandie aux limites de la définition, au-delà desquelles on n'identifie plus rien. Je reconnais pourtant Marie, la tête appuyée contre la vitre arrière d'une voiture. Elle a les yeux mi-clos, indifférente à ce qui se passe autour d'elle. Lentier fait défiler plusieurs clichés où on la voit marcher, soutenue par deux hommes, puis installée sur un fauteuil roulant entrant dans un ascenseur du vaste hall du Gstaad Palace. La dernière image est prise lorsqu'elle pénètre dans une chambre, toujours accompagnée des deux hommes et suivie d'un bagagiste avec son chariot.

Lentier ferme son PC. Je suis pétrifié dans mon attitude, alors qu'un cyclone s'est formé dans mon esprit.

— Grâce à l'excellente collaboration avec nos collègues suisses, l'avis de recherche, lancé par Interpol sur notre initiative, s'avère efficace. Avec l'Azerbaïdjan aussi d'ailleurs. Nous avons de très bons rapports avec ce pays. Notre contact privilégié, un officier de police haut gradé, nous a communiqué les fiches des trois hommes qui sont venus chercher Marie jusqu'ici. Des hommes de main, utilisés pour des tâches sans risques, mais qui nécessitent force et endurance. Oui, il y en a trois, mais celui qui conduit n'a pas eu droit au palace… Votre amie est droguée, c'est évident. Je crois que…

Il ne finit pas sa phrase, ce qui me sort de mon état.

— Oui ? Dites-le carrément !

— Mademoiselle N'Diaye est sûrement le « donneur ».

— Pour la greffe du cœur ?

— Oui.

La décharge envoyée dans mon corps est insoutenable. J'essaie de me lever, je n'y arrive pas, et retombe lourdement.

— Il y a un policier en faction dans le palace, et nous savons que Marie s'y trouve toujours, grâce aux multiples caméras de surveillance. Les deux appareils qui filment le couloir où se situe sa suite font l'objet d'une observation constante. Une équipe en civil contrôle tous les accès du bâtiment.

— Qu'est-ce qu'ils attendent pour délivrer Marie ?

J'ai hurlé. Le capitaine devait s'y être préparé. Il lève la main en signe d'apaisement.

— Nous attendons l'ordre du préfet, c'est une question de minutes. Je prends l'avion tout à l'heure avec un mandat d'arrêt international en poche pour les trois Azéris. Marie sera rapatriée par la sécurité civile et ira directement à l'hôpital de la Cavale Blanche[5]. Pour l'instant, nous allons interroger Lassalle comme prévu.

— Je ne veux pas !

— Comment ? Mais nous avions…

— Je ne suis pas policier. Je ne me contrôle pas comme vous. Je n'ai qu'une envie, c'est de le détruire, de l'étrangler. Et je n'en ai pas la force… Ma colère est telle que notre confrontation serait grotesque…

Il me regarde, songeur. C'est un homme intelligent et intuitif.

— C'est dommage… En effet, vous avez raison. Mais il y a peut-être un moyen de vous rendre utile.

Il m'explique précisément ce que je vais faire. Son plan est simple et à ma portée.

— Et puis la capitaine Ballard, Clotilde, sera avec vous et vous aidera au besoin. D'accord ?

J'acquiesce, me lève péniblement, et le précède vers la porte. Une question m'immobilise.

— Comment vos amis suisses ont-ils été alertés par la présence de Marie dans la voiture ?

— Bonne question ! Les contrôles à la frontière sont inexistants la plupart du temps, et la voiture louée dans le canton de Berne n'attirait pas l'attention. C'est en arrivant au Gstaad Palace que le hasard a frappé ! Le groom, qui s'est précipité pour ouvrir la portière de Marie, était sénégalais. Il l'a saluée en wolof, la reconnaissant comme une congénère. Un Azéri s'est empressé de l'écarter en lui disant : « C'est une Française, idiot ! » L'idiot a

5. *Célèbre Centre hospitalier de Brest.*

compris que la situation n'était pas nette. C'est lui qui a pris, en cachette, la photo, alors que l'autre avait refermé la portière. Il est allé voir son patron, lequel a averti le poste de police et, grâce au cliché du smartphone, ils ont identifié Marie, d'après l'avis de recherche international. Le reste s'est enchaîné très vite avec nos éléments.

Je note soigneusement dans un coin spécial de ma tête d'aller récompenser un jour le compatriote de Marie.

*

Les films, au cinéma ou à la télévision, nous montrent souvent, dans les intrigues policières, l'interrogatoire d'un suspect dans un local avec une grande glace, derrière laquelle un groupe observe la scène sans être vu.

Aujourd'hui, je suis dans le groupe. Clotilde est à côté de moi. Elle a été pleine de tact à mon égard, et sa présence me réconforte. Lentier m'a donné un grand cahier sur lequel je dois noter mes désaccords, les contradictions et les mensonges flagrants de Lassalle, au fur et à mesure de ses réponses aux questions du capitaine.

Lorsqu'on introduit le chirurgien dans la pièce, un flux de haine jaillit dans ma poitrine, altérant ma respiration. Clotilde s'en aperçoit et pose sa main sur mon avant-bras. Il y a deux autres policiers avec nous ayant, probablement, une spécialité professionnelle chacun, genre psychologue ou profiler.

Le capitaine Lentier entame les préliminaires d'usage au déroulement d'une telle séance. Malgré sa garde à vue, les terribles accusations contre lui, Lassalle est hautain, maître de lui, et ne trahit, pour le moment, aucune faiblesse. En face de lui, j'aurais été lamentable, trop ébranlé par les événements des derniers jours. Les hommes sont extrêmement inégaux dans leur personnalité, alors qu'ils doivent être égaux dans leurs droits, paraît-il.

Les questions et les réponses s'enchaînent. Rien de surprenant. Le médecin donne sa version de tous les faits qui lui sont reprochés, sans chercher ses mots une seconde. Ses mensonges sont bien rodés, ses explications claires.

Le capitaine Lentier fait des efforts visibles pour garder sa maîtrise. J'écris à toute vitesse chaque fois que, par rapport à moi, ses dires ne correspondent pas.

Passé l'épisode du Roumain avec son rein en moins, dans lequel Lassalle se pose en bienfaiteur de l'humanité, Lentier place un petit appareil sur la table, et déclenche un enregistrement. Ce ne peut être que celui de mon smartphone. Je suis ahuri. Le chirurgien ne modifie en rien son expression détendue, avec un sourire ironique.

« *... mais oui, mon cher Ivanov, le donneur est prêt!*

— Excellente nouvelle! Vous êtes mon sauveur... Je ne demande pas comment vous faites! Pour les conditions, nous sommes d'accord: cent mille dollars?

— Je n'ai qu'une parole, vous le savez bien.

— C'est vrai. Comment vous opérez?

— Oh, le plus simplement. Vous prenez... »

Et c'est la fin de l'enregistrement, pour cause de batterie déchargée.

Le début avec la présence de Claude Tusseau, l'interne, n'était qu'un échange très technique sur les soins apportés au fils de l'interlocuteur, l'évolution de sa maladie cardiaque, et l'urgence finale d'une transplantation.

— Alors ? Que pensez-vous de cette conversation ?

La voix du capitaine est tendue.

— Je note qu'il s'agit d'une atteinte à ma profession par un procédé illégal. Mais je vais franchement vous expliquer quelle est cette affaire…

— Ce n'est pas la peine, nous la connaissons. Vous parlez d'illégalité justement. Votre échange avec ce monsieur en Azerbaïdjan vous paraît-il légal ?

— Absolument. Nous traitons des centaines de cas à travers le monde. Notre réputation, de haute qualité médicale, attire une vaste clientèle.

— Fortunée de préférence.

— Vous examinerez sûrement notre comptabilité, et vous constaterez que nous effectuons parfois des actes aux coûts modestes. D'ailleurs les références et…

— Quel est le nom du donneur ? Est-il répertorié dans un dossier particulier ?

— Je ne peux pas vous révéler comme ça un secret médical qui…

— Docteur Lassalle, vous êtes en garde à vue, accusé avec ce que nous nommons des preuves irréfutables, et si vous ne répondez pas à des questions simples, sans aucun secret opposable, votre avocat aura du mal à vous défendre.

— À ce propos, vous vous êtes arrangé pour qu'il ne soit pas présent à mon audition.

— Étant donné les faits qui vous sont attribués, et la possibilité des risques d'informations mettant en péril notre enquête, informations diffusées alors par votre avocat, j'ai en effet demandé au procureur de différer sa présence jusqu'à la vingt-quatrième heure de votre garde à vue. Article 63-4-2 du Code de procédure pénale. Ceci « pour prévenir une atteinte grave et imminente à la vie » de mademoiselle Marie N'Diaye; quatrième paragraphe de l'article.

— Je ne vois pas le rapport avec cette personne.

Derrière la glace sans tain, je bondis, aussitôt ramené sur mon siège par Clotilde.

— Vous ne la connaissez pas?

— Si, bien sûr. Mais elle a démissionné de son poste de son plein gré, signant un…

— Oui, nous savons tout cela, vos rapports privés avec elle, et votre conflit avec monsieur Le Paugam, ainsi que votre tentative de mutilation sur sa personne.

— Conflit est un bien grand mot. Quant à…

— Mademoiselle N'Diaye a disparu depuis le jour où elle vous a remis sa démission.

— Elle a peut-être pris des vacances.

— Et nous venons juste de la retrouver!

— J'en suis ravi.

— J'en doute beaucoup.

En effet, vu le ton de sa phrase en rupture totale avec les précédentes, Lassalle encaisse son premier choc

— Et vous savez en quelle compagnie, docteur?

— Vous allez me le dire.

— Avec trois hommes qui sont venus la chercher jusqu'à Perros-Guirec, avec votre complicité.

— Vous avancez des arguments sans…

— … Preuve, laquelle sera apportée par mademoiselle N'Diaye elle-même, ainsi que les trois

Azéris commandités par votre client monsieur Ivanov Vassarov, oligarque d'origine ukrainienne vivant en Azerbaïdjan, puissant magnat d'une compagnie pétrolière. Je vais les chercher tout à l'heure à Gstaad où ils ont fait escale.

— Je ne connais pas ces individus.

— Je me ferai un plaisir de vous les présenter, et cette fois en présence de votre avocat ! Vous en aurez bien besoin. En ce qui concerne monsieur Le Paugam…

Je suis trop oppressé, je n'en supporterai pas davantage. Le visage, aux traits presque aristocratiques, de ce monstre est définitivement incrusté dans ma mémoire. Je ne pourrai jamais les effacer. Comment admettre que l'on puisse faire tuer une femme, dont on a connu l'intimité, pour se venger, et en même temps recevoir de l'argent du crime ? Je quitte le local d'observation sous le regard étonné de mes voisins.

— Je vais respirer dehors, je ne me sens pas bien.

Clotilde me serre la main, en signe de compassion. Dans le couloir, un tout jeune gardien de la paix me remarque et s'empresse de venir à ma rencontre.

— Ça ne va pas, monsieur ?

— Euh… pas vraiment.

— Vous êtes tout pâle. Voulez-vous un café ?

— Avec plaisir.

— Je vais vous l'apporter. Venez avec moi, on a une petite terrasse où vous vous reposerez.

— Ma belle-mère m'attend à l'accueil. Vous pouvez lui dire de me rejoindre ?

— Bien sûr… Vous assistiez à l'audition du chirurgien ?

— Oui.

— Quel salaud ! Les journalistes ne lui ont pas fait de cadeau !

— Tant mieux. Il n'en mérite pas.

Je fais confiance à la presse pour démolir consciencieusement son image, avant que la justice ne le condamne lourdement. Il va se défendre pourtant avec efficacité, engager un grand avocat, faire jouer toutes ses relations... enfin celles qui lui seront restées fidèles.

À mon avis, elles ne seront pas nombreuses car, lorsqu'on est complice d'assassinat d'enfants, l'indignation populaire est générale, même au sein de l'univers carcéral. Je souhaite ardemment sa descente aux enfers humains, les pis que les siècles ont peaufinés *in vivo*.

Le gentil policier revient avec mon café, suivi de Fabienne, dont il détaille ensuite la silhouette, discrètement mais avec gourmandise.

— Je vous laisse. Si vous avez besoin de moi, je suis dans le bureau juste au coin.

Nous le remercions, et je déguste mon breuvage. J'adore le café. Trop sans doute dans ma vie antérieure à mon AVC.

— Tu as eu un malaise, m'a dit ton émissaire ?

— Il a exagéré. J'étais exaspéré par la vision de ce médecin qui mentait, tenant tête au capitaine Lentier d'une manière incroyable.

— Autrement dit, tu étais au bord de la crise de nerfs...

— Peut-être. La seule chose qui compte est qu'on a retrouvé Marie !

— Formidable ! Où ?

— En Suisse, à Gstaad. Elle a été kidnappée à Perros-Guirec, chez elle, et elle est gardée dans un palace par ses ravisseurs, avant d'être emmenée en Azerbaïdjan pour qu'on lui prélève son cœur afin de sauver le fils d'un magnat pétrolier local.

— Quoi ? Mais c'est un assassinat !

— Oui. Et ce ne serait pas le premier. La police suisse bloque toutes les issues du palace et Marie devrait être délivrée de suite. Lentier prend l'avion tout à l'heure pour la faire rapatrier et arrêter les trois hommes qui la séquestrent.

— Mon pauvre chéri. Tu ne dois pas être étonné de ton état nerveux.

— Je vais partir avec Lentier.

— En Suisse ?

— Oui. Il faut que je sois présent pour Marie, que je revienne à ses côtés.

— Je comprends très bien, mais ce n'est pas possible. Tu n'es pas en état…

— Arrête avec mon état ! Rien ne m'empêchera d'y aller !

— Sauf s'il n'y a plus de place disponible…

Mon état doit être effectivement perturbé car cette éventualité ne m'a pas effleuré.

— Attends-moi. Je vais voir le capitaine.

— Il est encore…

— Je m'en fiche !

Je regagne le local d'observation, en entrant le plus discrètement possible. Clotilde et les deux autres policiers ne tournent même pas la tête vers moi tant ce qui se passe de l'autre côté de la glace les captive. La sueur perle sur le front de Lentier face à Lassalle qui me semble moins ironique et plus contracté.

— Nous avons fait le tour de vos exactions, docteur Lassalle, et ce mot me paraît faible. Votre garde à vue se termine ce soir. Vous allez être placé en détention provisoire à son terme. Je vais quérir mademoiselle N'Diaye à Gstaad, ainsi que les voyous qui l'escortaient. Nous reprendrons les auditions face aux témoins, dès que ce sera possible. Je vous conseille de bien réfléchir d'ici là à votre stratégie de défense, car vous êtes très mal parti.

— Et moi, je vous conseille de garder ce genre de réflexion pour vous. Cela dépasse largement vos attributions.

Les deux hommes s'affrontent, immobiles, quelques secondes.

Le capitaine hoche la tête et finit par sourire. Le sourire du carnassier qui flaire sa capture proche.

— Gardes ! Emmenez le mis en cause !

Je me précipite dans le couloir avant qu'il n'entre dans notre pièce.

Je ne suis pas le bienvenu.

— Quoi encore ?

— Je viens avec vous en Suisse.

— Pas question !

— En effet, il n'est pas question que je reste !

— Ce n'est pas une balade de touriste ! Il s'agit d'une mission de police dans laquelle vous n'avez rien à faire.

— Oh, mais si ! Je suis un des témoins principaux, et je me dois de réconforter la femme que j'aime. J'irai par n'importe quel moyen, y compris celui d'un jet privé, à mes frais !

Son expression furibonde s'adoucit un peu.

— J'apprécie votre attitude, monsieur Le Paugam,

mais je ne peux pas être accompagné d'une personnalité civile dans une mission officielle.

— Je ne vous gênerai pas. Je n'interviendrai pas. Je veux simplement accueillir Marie quand vous aurez fini de prendre sa déposition, et je rentre avec elle. C'est tout. Considérez que je ne serai qu'un passager supplémentaire dans l'avion. À l'arrivée, je prendrai un taxi tout seul... À quelle heure est votre premier vol ?

TEMPS 25

Il y a eu une âpre discussion entre Clotilde et son collègue quand elle lui a déclaré qu'elle venait aussi en Suisse. Il a fini par capituler, comme avec moi, intimant l'ordre de me neutraliser si j'avais la velléité de me mêler de son enquête, et de l'assister uniquement sur demande. Les avions pour Paris, et ensuite pour Berne, n'étant pas bondés, nous avons pu embarquer avec Lentier. Lorsque nous nous installons dans l'Airbus à 12h55 pour la Suisse, notre contact sur place nous informe par téléphone que Marie n'est toujours pas libérée, l'ordre d'intervenir n'étant pas encore donné. Il reste très évasif sur les motifs éventuels du retard, et nous assure qu'une voiture nous attend à l'aéroport pour nous mener au Gstaad Palace. Je trépigne de colère. Malgré leurs protestations et arguments pour faire baisser ma tension, je devine que les policiers sont aussi inquiets de cette opération retardée.

Dans le minibus à destination du palace, Clotilde essaie de me distraire en me relatant les voyages qu'elle a faits dans ce beau pays lorsqu'elle était adolescente, déplacements facilités par le jumelage de son village, dans les Côtes-d'Armor, avec un homologue dans le canton de Berne. Nous avons une heure et demie de route, et ce que j'aperçois du paysage est vraiment magnifique. La campagne et les villages me semblent presque artificiels, tant les champs, les haies, les maisons sont bien entretenus. Des fleurs sont disposées en abondance dans les agglomérations que nous traversons, ce qui les habille d'un air de fête.

Je me suis renseigné par Internet sur le Gstaad Palace avec le nouveau smartphone que Fabienne m'a acheté, l'ancien ayant été mis sous scellés et gardé comme pièce à conviction. Il s'agit d'une grande construction du début du siècle dernier, flanquée de quatre petites tours dans sa partie supérieure, et implantée dans une vallée entourée de hautes montagnes. L'ensemble est luxueux, destiné à une clientèle plus qu'aisée. Il n'y a pas une chambre à moins de cinq cents euros la nuit. Si nous devons rester jusqu'à demain, et c'est probable, je décide de passer ma première nuit avec Marie dans cet établissement. Ce projet m'enchante.

Nous arrivons en fin d'après-midi dans la bourgade. Des effectifs de police importants filtrent l'accès à l'hôtel. Malgré la présence de leur collègue au volant, nous devons tous montrer nos papiers d'identité, et les documents officiels pour les policiers français. Devant la réception de l'établissement, un groupe en uniforme nous accueille. Le plus haut gradé nous serre la main. Son accent me réjouirait en d'autres circonstances.

— Major Grünwald, gendarmerie cantonale. Nous nous sommes déjà parlé au téléphone.

— Oui, major, il n'y a pas longtemps.

— Monsieur… Le Paugam… est ici à quel titre ?

— Il est… fiancé à mademoiselle N'Diaye, et désire la raccompagner dès que nous aurons terminé sa déposition provisoire ainsi que les papiers officiels de son rapatriement.

— Bien. Mais dans ce cas, monsieur, vous ne pouvez vous joindre à nous pour le moment. Le palace est bouclé. Nous allons vous installer dans un petit hôtel à proximité.

— Mais…

— Bien sûr, major, intervient Clotilde en me coupant la parole. Pour rassurer monsieur Le Paugam, pouvez-vous nous dire si mademoiselle N'Diaye est enfin libre ?

L'expression sur le visage du major est indéchiffrable.

Tout en me regardant comme si j'étais un yeti suisse [6], il ne s'adresse qu'à la jeune femme.

— Je ne peux rien dire pour le moment. Suivez-moi, s'il vous plaît. Weber, emmenez ce monsieur à l'hôtel Rössli.

— Non, je n'irai pas. Je reste ici !

— Allons, Pierre, vous m'avez promis que vous n'interviendriez pas ! Votre présence…

— Elle est décédée ! C'est ça ? Bande d'inca…

Un : j'explose en sanglots.

Deux : je m'évanouis…

---

6. Personnage de légende, mi-homme, mi-singe, censé vivre dans l'Himalaya.

Mon bateau est pris dans une tempête hors d'échelle. J'ai amené les voiles et me maintiens perpendiculaire aux déferlantes grâce au moteur. Un grondement sourd parvient à dominer les hurlements de l'océan. Qu'est-ce que… Soudain, je comprends ! Une montagne sombre apparaît à une distance que je n'évalue pas ! Une vague scélérate, haute comme un immeuble de dix étages ! Elle barre mon horizon, horreur démoniaque qui va m'anéantir en prenant son temps. Mon impuissance me rend fou. J'ai peur, et en même temps le phénomène me fascine. La voilà, à quelques mètres. Je lève la tête vers le haut de cette monstruosité, mon bateau se soulève à la verticale, et je sombre dans les abysses pour y rencontrer ma mort. Pourtant l'eau ne m'étouffe pas… Une lueur apparaît, avec quelque chose qui flotte en suspension… Un visage ! Je crie pour attirer son attention…

— Je suis là ! Calme-toi !

Le visage se précise au-dessus de moi. Clotilde me caresse doucement le front. J'émerge par à-coups dans la pénombre d'une chambre décorée entièrement avec du bois.

— Tu vois, on avait raison. Tu n'étais pas en état de venir ici.

Je prends la réalité tel un coup de marteau. Ma tête me fait mal.

— Tu as des nouvelles de Marie ?

— Non. Le capitaine Lentier doit nous en apporter bientôt.

Je ne sais plus si nous nous tutoyions, Clotilde et moi, mais j'ai la certitude que ce sera dorénavant notre habitude. Son beau visage penché sur moi exprime un sentiment sans ambiguïté. Profondément ému, je me soulève et l'embrasse. Elle me prend dans ses bras, m'aide à m'asseoir au bord du lit, et nous restons ainsi blottis, sans tenir compte du temps.

Des coups légers frappés sur la porte nous tirent de notre léthargie. Le capitaine entre et nous contemple, perplexe.

— Pierre vient de se réveiller. Ce n'est pas la grande forme.

— Oui, mais…

— Capitaine, nous sommes amis, Pierre et moi, en tout bien tout honneur, selon la formule. Je ne pense pas que ce soit un obstacle pour notre enquête.

— Non, tant que votre « amitié » n'interfère pas avec les événements.

— Je connais parfaitement les règlements, ainsi que les limites à ne pas franchir.

— Tant mieux. Ce n'en sera…

— Et Marie ?

Je ne suis pas d'humeur à polémiquer sur des arguties policières, préoccupé par l'essentiel. Lentier me fixe, indécis.

— Vous ne l'avez pas trouvée, c'est ça ?

La panique a étranglé ma voix. J'ai l'impression d'être attiré par un trou noir qui va m'absorber.

— Non. On s'est fait avoir par des gens qui ont tout prévu !

— Nooooon…

Je m'écroule sur Clotilde en criant. Le capitaine s'assied à côté de moi, mettant sa main sur mon épaule.

— Attendez, ils n'ont que vingt-quatre heures d'avance, à peine.

— Qu'est-ce qu'il s'est passé ?

— Dès que l'ordre a été donné aux forces de police suisses d'intervenir, avec un retard dont je demanderai des explications, nous sommes entrés dans la suite où était Marie N'Diaye et ses kidnappeurs. Elle était vide ! Or les policiers et le préposé au poste de surveillance des caméras étaient formels : personne n'était entré ni sorti depuis hier soir, ce qui était bizarre. Nous avons alors examiné les vues des deux caméras de chaque côté du couloir de la suite. Rien d'anormal. Les images se déroulaient au bon rythme, avec les chiffres horaires incrustés comme il se doit. Mais en vérifiant les branchements, nous nous sommes aperçus que les câbles d'alimentation entre le sixième étage, celui qui nous intéresse, et le deuxième avaient été inversés. En plus, les CD-ROM des deux caméras du deuxième étaient déjà imprimés avec des images antérieures, la caméra étant alors en lecture, et non en enregistrement. On ne risquait pas de voir quoi que ce soit en direct au sixième étage. Mademoiselle N'Diaye et les voyous sont partis au cours de la nuit quand ils ont voulu…

— Personne n'a remarqué leur présence ? Il y a constamment du personnel dans un palace comme celui-là.

— Oui, mais il n'y a pas lieu de suspecter une clientèle aussi haut de gamme. Un couple qui déambule tranquillement, sans bagage, n'attire pas l'attention. Ils ne sont pas sortis tous les trois ensemble.

— Ah, parce que les bagages sont toujours là ?

— Oui. Des valises emplies de chiffons. Comme pour les caméras, ils avaient bien repéré les sorties, et à ce moment-là la police n'était pas encore en poste.

Clotilde ressasse toutes les informations.

À l'évidence, tout a été préparé avec minutie.

— La suite a été louée pour…

— … jusqu'à demain !

— Et le paiement ?

— On est en train de vérifier…

— Et les CD-ROM ? Et le bricolage des câbles ?

— Il y a trois surveillants, un toutes les huit heures. Celui d'hier soir a été aux toilettes avant l'arrivée de son collègue, à minuit. Cela a suffi pour la manipulation. Là aussi, tout était planifié… Étant donné l'absence d'incidents dans l'hôtel, le personnel de sécurité n'a pas de stress. Et puis la tâche est plutôt ennuyeuse.

— Quand le policier est arrivé en renfort, il n'a rien noté d'anormal ?

— Non. Il avait les yeux rivés sur des images déjà enregistrées. Il n'avait aucune raison de se méfier. Même le voyant rouge, qui indique la fonction « enregistrement », était allumé !

J'écoute, sans réagir, mais en réalisant à quel point les rouages de l'ignoble trafic relèvent de la mécanique de précision. Ces gens sont puissants et, se sachant poursuivis par les polices du monde entier, ont mis au point des procédures complexes pour leur échapper. Un détail fait surface dans mes réflexions.

— Pourquoi ont-ils fait escale à Berne ?

Clotilde et le capitaine retrouvent le sourire.

— Je vois que votre logique revient !

— Bravo, Pierre !

— À mon avis, ils vont faire une partie du trajet Berne-Bakou, destination finale, par la route. Il y a quand même quatre mille cinq cents kilomètres. Notre signalement Interpol leur interdit les grands aéroports. Donc, ils ont un jet privé qui les attend quelque part dans un pays, et sur un aéroport, où les contrôles et la corruption font bon ménage. En marge de l'Union européenne, ça se trouve plus facilement. Moldavie, Hongrie, ancienne Yougoslavie, Slovaquie, que sais-je? Mettons dans un rayon de mille cinq cents kilomètres. En conduisant à trois, ils peuvent les parcourir en un jour et demi. Comme ils ont dû partir du palace après le changement du CD-ROM, hier vers minuit trente, une heure, ils viennent d'arriver, ou à peu près, à leur aéroport. Il reste trois à quatre heures de vol pour Bakou, plus le temps de la logistique et la préparation de la transplantation... Pierre?

— Oui?

— Vous avez les moyens de louer un jet privé?

— Sans problème. Mes parents m'aideront de toute façon.

— Alors, téléphonez à l'aéroport de Berne pour savoir si c'est possible. Moi, j'appelle ma hiérarchie et notre contact à Bakou.

— Et moi?

Clotilde a lancé sa question avec virulence. Lentier la regarde, un peu narquois.

— Vous êtes une grande fille. Vous décidez ce que vous voulez.

— Même si ma hiérarchie refuse, je n'abandonne pas Pierre.

— Ah, parce que moi, je...

— Et je me mets en congés sans solde s'il le faut.

— Bien, mais faites vite.

TEMPS 26

Nous volons dans un jet plus que confortable, malgré ses années de service dont nous voyons les traces sur le cuir des fauteuils. Je suis resté pendu à mon portable pendant l'heure de trajet jusqu'à l'aéroport. Heureusement, j'avais branché mon chargeur sur l'allume-cigare pour éviter une panne de batterie. Il a fallu virer de l'argent sur le compte de la société de location, bien après la fermeture des banques. Une petite fortune dont je n'avais pas la couverture. Fabienne, après avoir consulté mon père, toujours en Afrique, a complété mon virement. Je ne suis pas sûr que l'on puisse récupérer quoi que ce soit, mais sauver Marie ne se traduit pas en chiffres. Dussé-je m'endetter à vie, j'aurais accepté n'importe quelle condition.

Clotilde, le capitaine Lentier et moi sommes un peu impressionnés de voyager comme de grands P.-D.G. J'imagine l'existence de ces managers d'empires industriels ou commerciaux, se déplaçant dans le monde entier, ayant tout à leur disposition pour ce faire, travaillant pendant les trajets, leurs dossiers, leurs réunions, dont dépend le sort de leurs milliers de salariés à travers la réussite de leur holding, et ce sans regarder par le hublot de l'avion ou la vitre de la limousine. Ils ont évidemment des passions, celle du pouvoir en particulier, avec celle de gagner n'importe quelle compétition, mais que leur reste-t-il pour leur vie familiale, leurs loisirs, la rêverie ? Une portion congrue certainement. À moins de savoir s'entourer de gens très compétents, de savoir déléguer aussi. Il me semble que le désir de monter un grand cabinet d'architecture avec de nombreux collaborateurs était mon objectif, il y a… longtemps. Cela ne se reproduira plus, j'en ai la conviction. Mon AVC a non seulement changé ma personnalité, mais aussi transformé l'ordonnancement de mes projets, de mes envies. Dans l'urgence : libérer Marie. Ensuite, avoir une belle vie commune, des enfants. Gagner notre existence quotidienne, avec un métier honorable, le mien pourquoi pas, mais au service des autres de préférence.

Une ravissante hôtesse nous apporte un plateau-repas avec une bonne bouteille de bourgogne. La société de location fait bien les choses avec mes euros. Nous découvrons que nous sommes affamés, engloutissons la nourriture, et vidons la bouteille. Comme je n'ai pas bu d'alcool depuis un siècle, il ne faut que quelques instants avant que je ne me mette à rire pour rien et à proférer des plaisanteries idiotes. Je ne suis pas le seul, et c'est tant mieux. Nous libérons notre tension provoquée par notre lamentable expédition à Gstaad.

L'hôtesse revient, nous proposant du champagne ou des liqueurs. Nous décidons de ne pas nous achever, car l'arrivée à Bakou risque d'être mouvementée. Justement, Lentier demande notre heure d'atterrissage.

— Environ cinq heures du matin, il n'y a pas lieu de voler à la vitesse maximum. Voulez-vous du café ?

L'hôtesse nous consulte du regard, et nous déclinons l'offre. Le capitaine nous donne une précision.

— Il est convenu que j'appelle notre contact azéri une heure avant de nous poser. Il a déjà pris des dispositions dont il nous donnera les détails.

L'hôtesse est gênée d'entendre ce qui ne la concerne pas.

— Si vous avez besoin de moi, n'hésitez pas.

— Merci. On va essayer de dormir maintenant.

Notre belle servante de luxe nous quitte, nous laissant apprécier ses formes parfaites, surtout des jambes qu'une jupe courte se garde bien de cacher. Clotilde m'a préparé une banquette dans le mini-salon avec des couvertures et un gros coussin en guise d'oreiller.

— Et toi ?

Elle rit avec malice.

— Je ne peux pas dormir avec toi, il n'y a pas la place. Et puis Lentier ne serait pas content. Les sièges s'allongent, ne t'en fais pas. Je serai très à l'aise.

— Merci pour tout, Clotilde. Je te suis très reconnaissant. Et fier de t'avoir comme amie.

Elle ne répond pas, me caresse le visage alors que ses yeux s'embuent. Elle me laisse brusquement.

Je vais sur ma banquette après avoir salué de loin le capitaine. Lui aussi, je devrais le remercier pour sa ténacité. Je le sens mortifié d'avoir raté l'opération de

Gstaad, et bien décidé à réussir l'enquête. Je ne lui ai même pas demandé quelle a été la réaction de sa hiérarchie à l'annonce qu'il se rendait en Azerbaïdjan. J'ai honte de moi.

En rabattant la couverture sur ma poitrine, je me remémore le peu de connaissances que j'ai sur ce pays dont je n'aurais pas pu situer la position géographique la semaine dernière. Le dieu Internet a ouvert son immense savoir pour moi, moins bien que ne l'aurait fait Sa Majesté Larousse, qui se refuse obstinément à tenir dans ma poche, au contraire de mon smartphone, lequel me réduit petit à petit à la condition d'esclave. Je l'entends protester : « Quoi, petit médisant ! Si tu es dans ce Falcon [7], c'est grâce à moi. » Oui, c'est vrai, passons.

Depuis leur apparition sur la planète Terre, les hommes se battent férocement. Quels que soient le climat, la région, hostile ou accueillante. Ils s'entretuent pour n'importe quel prétexte : le pouvoir, la race, la religion, la possession, l'envie. L'Azerbaïdjan n'a pas échappé à la règle insensée qui régit l'espèce humaine. Le fatras de violence, de guerres s'y est bien développé, favorisé par la présence de plusieurs ethnies. Que me reste-t-il de ce que j'ai lu, avec le même sentiment d'écœurement ressenti lors de récits historiques concernant d'autres nations ? L'influence de la Russie au nord, celle de l'Iran, la Perse, au sud. Un vague souvenir d'une région autonome, le Haut-Karabagh, dominé par les Arméniens. Un nom traîne dans ma tête pour une population dont je ne connais rien : les Avars ! Pourquoi ? Mystère. Et aussi Bakou, la capitale au bord de la mer Caspienne. Du temps

7. *Avion de prestige construit par Dassault Aviation.*

de mon enfance, ce nom évoquait la production pétrolière.

Tiens, mes souvenirs d'enfance refont surface ! Enfin, pas tous. Avec mes parents nous avions visité une professeure de danse espagnole dont la mère, assez âgée, une Russe ne parlant pas français malgré des décennies sur notre sol, nous avait montré, à la demande de sa fille, une malle pleine des titres de propriété des puits de pétrole de Bakou. Je ne comprenais pas pourquoi ils ne valaient rien, bien que mon père m'ait donné ultérieurement des explications me relatant la prise de pouvoir des Soviétiques, confisquant toute production industrielle au nom de l'État.

Dans quelques heures, je serai à Bakou. Je n'en verrai probablement pas grand-chose, alors que c'est une ville moderne, belle, recelant des musées extraordinaires et des ruines somptueuses. Monsieur Google me les a montrés.

— Pierre ! Réveille-toi ! On va atterrir… Pierre ?

Je connais cette main sur mon front. Elle m'a déjà prodigué ses tendresses. J'ouvre les yeux pour distinguer, dans le brouillard de mon sommeil qui se dissipe, ceux de Clotilde chargés de son affection à mon égard. Je lui souris et prends sa main.

— Bonjour, belle dame.

— Bonjour, Casanova. Le petit-déjeuner est prêt.

— Enfin quelque chose de réussi.

— Tu as vingt minutes pour avaler ton café et faire ta toilette. Nous, c'est déjà fait.

Lentier, derrière elle, sourit aussi. La flicaille a l'air de bonne humeur. Alors que moi… La vision de Marie, droguée dans une voiture, efface tout le reste.

Le pilote vient nous saluer ainsi que l'hôtesse, dès que l'avion est immobilisé. Son anglais est parfait comme celui de tous les gens de sa profession. Le mien et celui de mes accompagnateurs sont plus approximatifs, mais nous n'hésitons pas à faire des fautes, et surtout notre compréhension de cette langue est bonne. C'est l'essentiel.

Lorsque nous descendons l'escalier intégré de l'appareil, la nuit est opaque, trouée uniquement par les lumières de l'aéroport assez éloigné, et les feux de piste. Deux minibus, phares allumés, sont stationnés un peu plus loin sur le tarmac. Une haute silhouette se détache d'un groupe d'hommes et vient à notre rencontre.

— Commandant Agayev. Qui est le capitaine Lentier ?

— C'est moi. Très heureux de vous rencontrer, mon commandant, après nos échanges téléphoniques... compliqués !

— Moi aussi. Je vais vous emmener directement à mon bureau pour vous briefer sur l'opération en cours. Vous me présentez vos collègues ?

— Bien sûr.

Le court dialogue me rassure sur ma pratique de l'anglais : je suis d'un niveau plus élevé que l'officier azéri. C'est un homme mince, un peu voûté, dont le visage est marqué par une expression de tristesse, perceptible malgré la faible lueur qui l'éclaire, venant du Falcon. Ses yeux bleu très pâle sont impressionnants. Je n'aimerais pas être un délinquant en face de lui. En revanche, lorsque Lentier me décrit comme étant le fiancé de la disparue, il m'adresse un signe de tête bienveillant, sans s'offusquer de ma présence comme l'ont fait les Helvètes. Envers Clotilde, le capitaine Ballard – j'ai du mal à m'y faire –, sa curiosité est éveillée. J'en déduis qu'il ne doit pas y avoir beaucoup de femmes officiers de police dans les effectifs du pays. Les regards de ses hommes, quand nous prenons place dans l'un des minibus, renforcent mon opinion. À moins que leurs collègues féminines soient toutes des mochetés en comparaison de la belle capitaine française, aux formes si tentantes. Je m'insulte copieusement d'avoir des pensées aussi déplacées dans la situation présente. Est-ce ma nouvelle personnalité, ou bien ai-je toujours mélangé l'ironie au drame?

Il est cinq heures trente du matin, et nous ne voyons rien de la ville au cours du trajet. Je suis appuyé contre ma flic-ambulancière amoureuse, mon amie qui me veille, me redonne de l'énergie, et accepte, malgré ses sentiments, de s'incliner devant mon amour pour Marie. C'est une femme exceptionnelle qui m'inspire du respect. Je me dévouerai pour elle sans restriction, si un jour elle en a besoin.

Le bureau du commandant Agayev est à son image: sévère, sans fioritures, excepté un cadre posé sur l'immense plateau de table, derrière laquelle il a pris position. Des dizaines de dossiers sont empilés de chaque côté de ce qui doit être une photo, que nous ne voyons pas, mais qui évidemment attire notre attention.

— Je vous fais d'abord un exposé de ce que nous savons avant d'aborder l'action.

L'accent du commandant, très prononcé, est néanmoins agréable. Derrière son autorité naturelle, je devine une humanité soigneusement protégée par une carapace, renforcée au fil des ans face aux atrocités rencontrées dans l'exercice de ses fonctions.

— Ivanov Vassarov est directeur et actionnaire de la compagnie pétrolière A.P.G. C'est, comme vous le savez sûrement maintenant, un cadre supérieur formé par l'ex-Union soviétique. Il a fait toutes ses études à Kiev, en Ukraine. Je passe sur tous les avatars de sa carrière, accomplie grâce à des appuis puissants. Il y a trois ans, son fils unique a manifesté des troubles inquiétants. Les médecins ont diagnostiqué une cardiopathie congénitale. Le muscle cardiaque ne cessait de se détériorer. Malgré leurs soins, une transplantation cardiaque s'est avérée nécessaire pour le maintenir en vie. Depuis quatre mois, Vassarov s'est démené pour trouver un donneur compatible, par n'importe quel moyen. Ses amis de l'ex-KGB lui ont trouvé une filière internationale pourvoyeuse d'organes divers en provenance d'un peu partout. C'est ainsi qu'il a été mis en contact avec votre médecin, le docteur Bertrand Lassalle. Or, vous l'avez peut-être appris, pour qu'une greffe du cœur réussisse, il faut impérativement que le groupe sanguin du donneur soit identique à celui qui reçoit la greffe. Vassili, le fils de Vassarov, possède un groupe très rare, le groupe AB. Ce qui a nécessité des recherches intenses pour trouver le même groupe chez un donneur potentiel, celui de mademoiselle N'Diaye. Par chance, nous avions mis Ivanov Vassarov sur écoute dans le cadre d'une enquête de fraude fiscale importante et blanchiment d'argent. Lorsque nous avons découvert ses communications avec un médecin français, qui s'engageait à lui fournir un donneur pour la greffe du cœur de son fils, nous nous sommes intéressés aux réseaux de trafic déjà répertoriés par nos services. Sans avoir de noms précis, une note des services de la préfecture de police de Paris nous a indiqué, par l'intermédiaire d'Interpol, une source possible en provenance de votre province, la Bretagne. Quand nous avons reçu votre avis de recherche par le même Interpol, nous avons immédiatement fait le rapprochement. Une jeune femme d'origine sénégalaise avait été enlevée en Bretagne, dans une clinique. Nous vous avons contacté, vous nous avez donné les photos des hommes de main, déjà fichés dans nos ordinateurs, et le nom de leur commanditaire. Vous connaissez la suite.

Nous réfléchissons à l'exposé du policier, en réalisant quand même son implication si rapide et si efficace à quatre mille cinq cents kilomètres de la France. Lentier intervient le premier.

— Je vous félicite, commandant. Mais je suppose que vous aviez des dossiers urgents en cours. Quelle a été votre… motivation pour agir si rapidement ?

L'officier prend lentement le cadre qui nous intriguait, et le retourne vers nous. La photo d'un bel adolescent, en noir et blanc, nous regarde en souriant.

— Erest, mon fils. Accidenté sur la route, et découpé en pièces détachées par ces ordures de trafiquants. J'étais dans l'armée à l'époque. Je suis arrivé trop tard. J'ai démissionné afin d'intégrer la police. Je suis devenu un spécialiste pour traquer ce genre de criminels.

Il replace le cadre dans sa position initiale. Un silence déchirant nous statufie, laissant au commandant Agayev l'initiative de poursuivre. Ce qu'il fait, les yeux baissés, trop atteint sans doute par son drame pour nous les montrer.

— Alors, voilà. Grâce à nos écoutes, nous savons quelle est la clinique où doit se faire la transplantation cardiaque. Le fils de Vassarov s'y trouve déjà. Lui aussi, d'ailleurs. Mes hommes sont sur place depuis hier. La bonne nouvelle est que ce matin une équipe chirurgicale est en attente dans un bloc opératoire, et qu'aucune intervention n'est prévue au planning. Nous avons une collègue déguisée en infirmière qui surveille à l'intérieur, ainsi qu'un faux homme de ménage. Ils sont en rapport constant avec nous. J'en conclus que l'arrivée de mademoiselle N'Diaye est imminente. Je ne pense pas que son cœur soit prélevé ailleurs qu'ici. Pour mettre le maximum de chances de leur côté, les chirurgiens vont la... pardon, le lui enlever ici. La clinique est à cinq minutes. Je vous propose d'y aller maintenant... Euh... Monsieur...

En se levant, il vient vers moi.

— S'il vous plaît, restez en retrait, vous risquez de nous gêner. Je vous promets que vous serez le premier pour la sortir de là.

Incapable de dire quoi que ce soit, je lui serre les bras, et il me rend mon geste. Il y a de la chaleur derrière sa sévérité apparente.

Le commandant gare sa voiture à une centaine de mètres de l'objectif, un bâtiment cubique rendu encore plus sinistre par l'éclairage public, parcimonieux. Quelques rares fenêtres alentour découpent leurs rectangles de lumière jaune sur un fond noir, dans lequel la limite du ciel n'est pas discernable.

— Ici central 1. En vue sur cible.

À côté du chauffeur, Agayev a décroché son micro de bord.

— Bien reçu, central 1.

Successivement, sept réponses lui parviennent. Ses effectifs en place sont importants. Pourtant je ne remarque rien de particulier parmi les véhicules en stationnement. Du travail de bons professionnels.

Le rez-de-chaussée de la clinique est éclairé, laissant deviner, sur le côté gauche, le trou noir d'une entrée de parking souterrain.

— Unité 10 à central 1 ! Unité 10 à central 1 ! Mouvement d'un lit roulant vers le niveau -1 !

— Bien reçu, unité 10…

Il s'adresse à moi :

— Votre amie ne devrait pas tarder à arriver ! Je suis heureux d'avoir vu juste.

La voix d'Agayev n'a pu retenir une inflexion due à l'excitation. Excitation que nous partageons ipso facto.

— Unités 1, 2 et 3. Vous laissez entrer la ou les voitures qui s'engageront dans le parking, et vous en bloquez aussitôt l'accès. À vous.

— Bien reçu, central 1.

Les trois équipes confirment immédiatement.

— Unités 4, 5 et 6. Vous neutralisez le rez-de-chaussée de la cible, uniquement à mon signal. À vous.

Mêmes réponses ultrarapides.

— Unités 7 et 8. Vous me rejoignez dès que je suis en vue. À vous.

Le capitaine Lentier échange un regard avec Clotilde, suivi d'une mimique d'approbation admirative. Le commandant et ses hommes ne sont pas des débutants.

— S'il vous plaît, vous pouvez venir mais en restant en arrière de mes hommes. Vous avez pris les mandats d'arrêt internationaux pour les trois voyous ?

— Ils n'ont pas quitté ma poche intérieure !

— Très bien. Il ne faut plus que… Les voilà ! Unités 9 et 10… Soyez prêtes en renfort. Action prévue dans deux minutes.

Une grosse berline noire précède une ambulance de taille imposante. La berline se gare devant la clinique, laissant l'ambulance descendre la rampe du parking, et revient aussitôt en marche arrière pour en interdire l'accès. Agayev jure bruyamment dans sa langue.

— Unités 1, 2 et 3 ! Intervention immédiate ! Arrêtez les occupants de la voiture noire et laissez-la en place. Unités 4, 5 et 6, entrez dans la cible. Unités 7 et 8, suivez-moi maintenant.

En un instant, une vingtaine de policiers surgissent de nulle part, courant silencieusement afin d'exécuter leur mission. Le commandant s'extirpe de sa voiture, rejoint aussitôt par huit de ses collègues. Lentier est déjà à sa suite, et Clotilde, avant de sortir, m'intime l'ordre de ne pas bouger. Alors que je vais l'envoyer paître, des coups de feu assourdissants me paralysent de terreur. Je n'ai jamais été confronté à ce type de violence. Bien que je ne pense pas être un lâche, une telle aventure me dépasse complètement.

— Couche-toi sur le plancher ! me hurle Clotilde, à l'affût à l'arrière de la carrosserie.

Les tirs continuent. Sans tenir compte de l'ordre, je risque un coup d'œil au ras de la vitre de ma portière. Des éclairs produits par les armes proviennent de la voiture, devant l'entrée du parking. Les ripostes des policiers me sont invisibles. J'aperçois les tenues de combat de ceux qui sont entrés dans la clinique, poussant dans un coin du personnel en blouse blanche. Soudain, un tir en rafale renforce ceux des occupants de la berline. Cette fois il s'agit de quelqu'un venant du sous-sol. De drôles d'objets apparaissent dans mon champ de vision. De grands rectangles glissant sur le sol. Derrière chacun, deux policiers recroquevillés. Des boucliers ! Ils traversent la rue en diagonale pour prendre position sur le trottoir, de chaque côté de la berline noire.

La fusillade est intense. Il me semble que d'autres armes sont en action, venant encore du parking. Un bouclier s'affale sur ses manipulateurs, touché par un projectile plus puissant. Les deux policiers ne se relèvent pas. Je vois Agayev qui se précipite vers eux, tenant à lui seul la lourde protection. Il s'écroule avant de les atteindre. Je manque de m'évanouir en voyant arriver derrière lui Lentier et Clotilde, poussant leur abri péniblement. Le commandant, qui n'est pas mort, leur tend son arme. Lentier et Clotilde reprennent leur progression, récupèrent les pistolets des autres policiers à terre et ouvrent le feu. Je distingue nettement la chute d'un tireur à l'avant de la berline. Des hommes du commandant sortent de la clinique et obligent les agresseurs à reculer dans le parking, en les arrosant de balles. Profitant d'une légère accalmie, Lentier s'extrait de son abri pour gagner le trottoir, laissant Clotilde mieux protégée. Il est fauché presque en atteignant son but.

La mitraille reprend, encore plus dense. Le bouclier tombe à son tour sur Clotilde, heureusement allongée. Une rage bienfaitrice remplace ma terreur, et me dynamise. Il n'est plus question que je me planque. Saoulé d'adrénaline, je sors de ma voiture, me couche sur le sol, et rampe en direction de mon amie. Que les balles sifflent, que les bombes explosent, que tout le monde meure, je ne disparaîtrai pas sans rien faire.

À la hauteur d'Agayev, je perçois un sourire, le premier, sur son visage. Il prononce un mot que je ne comprends pas. Je me positionne près de Clotilde en soulevant le bouclier. Elle est prostrée, et son énergie naturelle l'a abandonnée. Son incrédulité, en me voyant, me donne envie de rire. C'est bien le moment.

— Tu croyais vraiment que j'allais te laisser ?

Elle attrape mes cheveux pour plaquer ma tête contre la sienne.

— Tu es… tu es… je ne sais pas.

— Moi je sais qu'il faut avancer. On rampe avec le bouclier sur nous. Allez !

Pour une fois, c'est moi qui lui insuffle de l'énergie. Au milieu du vacarme, des impacts de tirs tout autour de nous, centimètre par centimètre, nous arrivons devant la clinique. Mais il reste deux marches à monter, plus la hauteur du trottoir. Les policiers dans le hall n'ont pas de protections à nous offrir. Mais ils ont parmi eux un petit génie pour venir nous chercher. Une grande armoire métallique roulante, retenue par une corde, dégringole devant nous, aussitôt criblée de balles… qui ne la traversent pas ! Nous nous relevons, bondissons à l'intérieur. Enfin, le mot bondir est un peu fort pour moi qui traîne toujours la jambe. Je l'avais oubliée, cette salope.

Les hommes du commandant nous ovationnent brièvement. Ce sont pour la plupart des jeunes gens. Ils sont très surpris de nous découvrir, nous les Français. Leur chef les a avertis de notre présence, mais ils ne s'attendaient pas à voir une femme officier aussi séduisante. Aucun d'eux ne tente de saisir nos armes, et le seul qui bredouille quelques mots d'anglais parvient à nous faire comprendre que des renforts sont en route.

Mon adrénaline n'est pas retombée. Malgré la vision de Lentier et d'Agayev blessés, ou mort pour le capitaine, je dois retrouver Marie. Les unités 7 et 8 n'ont pas traversé la rue. Elles doivent essayer de récupérer leur chef. Je demande au bafouilleur de la langue de Shakespeare de nous accompagner avec deux de ses camarades. C'est relativement facile de me faire comprendre. Le bloc opératoire est au premier étage. Avec le charivari de la bataille à l'extérieur, je suppose qu'un comité d'accueil s'est constitué autour d'Ivanov Vassarov et de son fils. De combien de gardes du corps dispose ce monsieur ? Et Marie ? Est-elle sous protection, elle aussi ? Sans doute.

Alors que nous empruntons l'escalier, le plus discrètement possible, une femme descend à notre rencontre, en mettant un doigt sur sa bouche. Nous faisons marche arrière et retournons dans le hall. Il n'est pas compliqué de comprendre qui elle est : l'unité 9, la fausse infirmière. Ses renseignements sont précieux. Il y a deux mercenaires avec Vassarov, un avec son fils, et deux avec la « dame noire », nous traduit difficilement le jeune policier. Par son truchement, je lui demande de dessiner le plan du premier étage. Ce qu'elle fait. Elle n'est pas armée, mais son collègue-homme de ménage, si. Survolté par la présence de Marie, si proche, je prends des décisions, en m'abstenant de savoir si elles sont judicieuses.

Un : on va tous s'habiller en médecin, infirmier, personnel hospitalier, en blouse blanche.

Deux : les accessoires sont indispensables. Chariot de soins, stéthoscopes, sans oublier l'homme de ménage avec son matériel.

Trois : on va entrer simultanément dans les pièces où se trouvent nos personnages.

Quatre : on est tous armés, et on tire les premiers en cas de besoin.

Bien sûr, on va se faire insulter, menacer, braquer même, mais il faut créer la confusion. Je sens une adhésion à mon plan de la part de ma petite bande dont je suis devenu le meneur, moi qui suis incapable d'assommer un lapin.

Ce n'est pas simple de trouver les vêtements qui nous conviennent. Cela prend un bon moment. Dehors, les tirs sont maintenant sporadiques. Je suppose que les renforts apporteront du matériel lourd. Notre policière-infirmière nous indique que dix hommes, qui assuraient la garde du premier étage, sont partis en renfort dans le parking. Cette fois nous prenons l'ascenseur. Seul l'homme de ménage nous rejoindra dans un second temps, averti par son oreillette.

Mes effectifs : Clotilde, trois policiers-infirmiers, une policière-infirmière, un policier-homme de ménage, moi. Sept pour trois lieux. Je me réserve la pièce de Marie, accompagné de Clotilde, un faux médecin et son infirmière pour le fils, deux faux médecins et l'homme de ménage pour le père.

Nous adoptons l'attitude basique des gens qui travaillent. Les Azéris parlent à voix haute, Clotilde et moi rions sans retenue à des propos dont on ne saisit pas un mot.

Quand la porte s'ouvre, un garde, la main sur son pistolet caché sous sa veste, nous réceptionne. Il abandonne sa posture agressive à notre vue. Le jeune homme qui nous sert de traducteur lui explique quelque chose qui, visiblement, le rassure. D'autorité nous nous dirigeons vers nos objectifs assignés.

Lorsque nous pénétrons dans la chambre de Marie, Clotilde poussant un chariot de soins, les deux cerbères se lèvent, méfiants. Je leur fais un signe d'apaisement et, prenant mon stéthoscope, je m'approche de Marie qui gît les yeux fermés sous une couverture. Quand je la soulève, je découvre son corps amaigri, attaché par des sangles au support en dessous du matelas. Je n'éprouve même pas de rage, tant j'évolue dans un état second. Les deux salopards, ceux qui l'ont enlevée, j'en suis à peu près sûr, se rasseyent sans me quitter des yeux. J'applique mon stéthoscope sur la poitrine de Marie, l'air concentré, et j'entends la tempête provoquée par mon propre cœur qui cogne dans mes tympans. Je relève la tête avec une moue de désapprobation pour focaliser un peu plus l'attention sur moi. Je prends dans un haricot en émail posé sur le chariot de soins une seringue, et j'évacue d'une chiquenaude une goutte d'eau dont je l'ai remplie auparavant. Je passe un petit coton mouillé d'alcool sur son épaule et, quand Clotilde repère le regard des deux autres fixé sur mes gestes, elle sort nos pistolets de dessous une grosse boîte de pansements, et les braque sur eux. Leur stupéfaction me ferait plaisir si j'en avais le temps.

Sur le bas du chariot de soins, je prends des menottes et du sparadrap. Je fais le tour du lit, passe derrière Clotilde, et j'attache les mains des mercenaires dans leur dos, en les emprisonnant à travers leur siège tubulaire. Puis, je commence à entourer la tête de l'un des deux avec le sparadrap pour lui obturer la bouche. Mais l'autre se lève brusquement, et fonce sur Clotilde en se baissant, entraînant sa chaise. Tout en sautant en arrière, elle lui écrase un pistolet sur le crâne. Il s'écroule lourdement en faisant un bruit catastrophique. Des éclats de voix lui font écho dans les autres pièces, suivis de trois coups de feu. Chacun ses petits problèmes. Clotilde se poste près de la porte, ses deux armes prêtes à tirer. Je m'escrime à couper les liens de Marie avec des ciseaux, ce qui s'avère impossible. D'autres coups de feu éclatent. Je renonce à sectionner les sangles, et fais pivoter le lit pour sortir. À ce moment, la porte s'ouvre en se rabattant violemment sur Clotilde. Un homme me menace en hurlant. Il tient une arme énorme que je ne connais pas, et je sens qu'il va me tuer. Sans entendre quoi que ce soit, il se fige sans expression, et tombe en avant en heurtant le montant métallique du lit. Ce qui n'a aucune importance car il est mort.

Au bout du couloir, des hommes en uniforme noir me font signe de ne pas bouger. Ils se meuvent tout doucement, sans émettre le moindre son. Mais les deux portes voisines s'ouvrent. Vassarov, menotté, est le premier à se montrer. Le bilan est lourd : deux policiers tués, dont le faux homme de ménage, et un blessé ; trois blessés graves parmi les gardes du corps. Lorsque nous émergeons de l'ascenseur, c'est une scène de guerre qui compose le décor du hall d'accueil : des cadavres sous des couvertures, des hommes sanguinolents, les uns menottés, mais tous se faisant soigner par une multitude de personnels hospitaliers. Une armada de policiers s'affaire autour, prenant des photos, interrogeant même des civils qui devaient être aux abords de la clinique ou aux fenêtres des immeubles avoisinants.

On s'empresse de délivrer Marie et un homme qui parle anglais, après un bref échange, me prie de l'accompagner vers l'hôpital principal de la ville.

En quittant cet enfer, j'ai la vision du capitaine Lentier allongé sur le sol, une couverture en Kevlar sur le corps, indifférent au cauchemar qu'il vient de vivre.

TEMPS DE VIE 1

Le soleil me fait mal aux yeux car je n'ai pas mis de lunettes pour mieux jouir de la vue.

Je suis sous un parasol, étalé dans une confortable chaise longue. Entre l'horizon sur une mer endormie et moi, il y a le jardin dans lequel trois fillettes jouent, en criant de temps en temps, sans que je sache pourquoi. Cela m'est égal. Le seul fait qu'elles soient heureuses me suffit.

Marie m'a quitté il y a six ans. Non pas pour un autre homme. Une hépatite fulminante s'est chargée de me l'enlever en deux mois, après un bonheur commun qui faisait de chaque jour un paradis. J'ai cru mourir avec elle, mais elle avait pris ses précautions en me ficelant à la vie par deux merveilles, aussi belles que leur mère. Les deux qui chahutent devant moi aujourd'hui. Elles ont respectivement onze et neuf ans. Leur peau, couleur café au lait, donne envie de les mordre, tant leur texture veloutée est appétissante. La troisième petite fille est blanche. Elle a quatre ans. Marie a aussi sécurisé son absence en me confiant à Clotilde, marraine de nos deux enfants. Mon destin est répétitif. Ma mère avait fait la même chose avec Fabienne. Vénus, Shiva ou sainte Marie, une entité féminine a décidé de pallier mes malheurs pendant mon passage sur terre.

Clotilde est devenue ma femme, après s'être occupée de mon foyer, amputé tragiquement. Elle a démissionné de la police pour se dévouer à reconstruire l'homme qu'elle aimait, et adoucir le quotidien des petites bonnes femmes désespérées, qui n'admettaient pas le manque dans leur cœur. Quand l'amour s'est éveillé à nouveau dans ma tête, je leur ai donné une petite sœur qui, sans rien remplacer, a capté leur affection, et les tyrannise normalement.

En mémoire de Marie, nous nous sommes intéressés à l'orphelinat du Sénégal où Lassalle sévissait. Comme j'ai repris mon activité d'architecte, spécialisé aujourd'hui dans l'élaboration de maisons en bois adaptées aux différents climats, j'ai réussi à construire un beau bâtiment moderne pour ces pauvres gosses abandonnés. Clotilde travaille avec moi. Son implication et son adaptation à mon métier sont exceptionnelles.

Le docteur Bertrand Lassalle a été condamné à perpétuité avec une peine incompressible de vingt ans, ainsi que son beau-frère. Certains de ses employés ont écopé de condamnations graduées d'une à plusieurs années de prison. Jean-Jacques, le kinésithérapeute, et l'orthophoniste ont bénéficié d'un acquittement.

De temps en temps, j'ai des nouvelles d'un peu tout le monde.

Carlos, le jeune Portugais accidenté, vit chez ses parents, avec ses frères et sœurs. Handicapé à vie, il est néanmoins entouré d'un solide milieu qui l'aime sans défaillance.

Le capitaine Lentier a perdu une année pour se remettre de ses blessures. Il a réintégré ses fonctions, mais ne va plus sur le terrain. Ce qui ne l'empêche pas de traquer sans relâche les criminels, en particulier ceux liés au trafic d'organes, devenus ses cibles privilégiées.

Le commandant Agayev est venu nous voir l'année dernière. Il est maintenant colonel. Nous avons fait une fête mémorable avec Lentier et son épouse, revivant l'assaut de la clinique à Bakou, aidés en cela par une bonne dose de côtes-du-rhône.

Je somnole dans mon nirvana, bercé par les hurlements de la petite dernière, dont les sœurs doivent refuser d'obéir aux caprices.

« *La vie a dispersé, comme l'épi sur l'aire,*
Loin du champ paternel les enfants et la mère,
Et ce foyer chéri ressemble aux nids déserts
D'où l'hirondelle a fui pendant de longs hivers »

Quand j'ai retrouvé ce vieux cahier dans lequel mon institutrice, mademoiselle Buisson, m'avait fait écrire ce poème de Lamartine, je suis resté tétanisé, pensant en un éclair que Marie me l'adressait. J'ai couru me réfugier dans les bras de Clotilde et une étincelle fulgurante m'a embrasé de désir, préfigurant notre nouvelle union.

Ce fut aussi la restitution à mon esprit de cette poésie si chère à mon enseignante qui ressurgissait il n'y a pas si longtemps en lambeaux glorieux au milieu de mes pensées dévastées par mon A.V.C.

J'avais abandonné ce domaine romantique millénaire en entrant à l'école des Beaux-Arts. Il est revenu occuper son espace déserté et je m'efforce de cultiver sa présence actuelle, non seulement pour moi, mais aussi pour mes filles afin de contrer du mieux possible notre ère oppressive dont toute rêverie lyrique est absente.

Soudain, ce sont des exclamations joyeuses :

— Mamy ! Papy !

Tant pis, je ferai ma sieste une autre fois.

Mes parents sont assaillis par les trois furies. Comme chaque fois qu'ils viennent nous voir, après au moins dix minutes de trajet, ils ont les bras chargés de cadeaux pour leur descendance.

Fabienne est toujours belle, l'âge lui a façonné une aura radieuse. Elle est en retraite, comme mon père, mais ce mot ne veut pas dire grand-chose pour eux. Ils voyagent encore beaucoup, ont des amis dans le monde entier, donnent des conférences, ou étudient des sujets pour lesquels on sollicite leur avis.

Nous avons appris à nous connaître, l'assistant-créateur de mon être et moi. À nous apprivoiser mutuellement serait un mot plus juste.

Il m'a beaucoup aidé pour ma construction au Sénégal. J'ai l'impression qu'il est célèbre, et connu de tous les gouvernements. Il y a, indiscutablement, une part d'ombre dans ses activités internationales. Je la respecte. Et puis, il a été exemplaire avec mes deux femmes et les trois filles. J'ai découvert un homme sensible sous son aspect austère. Et peut-être lui ai-je apporté enfin des sentiments filiaux qu'il n'espérait plus. Nous nous étreignons pudiquement, lui et moi, au milieu des cris d'excitation.

Mon AVC est devenu un sujet de plaisanterie inattendu.

— Tu dormais quand même avec tes trois diablesses ? Avec Vos Crapules, devrais-je dire.

— Mais oui, c'est une belle musique de joie et de vie qui s'intitule : Au Vrai Concert !

FIN

Mot de l'auteur

La clinique de l'enfer m'est venu à l'esprit pour deux raisons :

La première est que trop de personnes proches dans mon entourage ont été victimes d'accidents vasculaires cérébraux. À des degrés divers, de léger à très grave.

La deuxième parce que l'un des fils d'un ami a été renversé par la voiture d'un chauffard, le rendant impotent à vie.

Sans porter de jugement de valeur, je peux affirmer que mon ami a subi des pressions pour que son malheureux enfant fournisse des « pièces de rechange » à d'autres accidentés.

Par la mystérieuse alchimie nommée inspiration, ce roman s'est imposé, qui ne saurait en aucun cas constituer une accusation désignant le corps médical. Bien au contraire. Si le trafic d'organes existe et ne concerne que des voyous en marge de la médecine, je voudrais remercier tous ces praticiens et leurs collaborateurs qui dans leur immense majorité soignent leurs semblables avec compétence et dévouement.

À titre personnel, si je suis toujours en vie c'est grâce à eux, et je ne suis pas le seul !

Du professeur Ritz, qui m'a guéri d'une « primo-infection », à l'époque où les antibiotiques n'existaient pas, et du docteur Haas, mon parrain magyar, en passant par les généralistes, les docteurs Panouillo, Guyodo (homéopathe), un chirurgien inconnu qui a miraculeusement opéré et reconstitué ma main accidentée pendant mon service militaire, jusqu'à Henri Judet réparant brillamment mon tendon d'Achille rompu au théâtre, ma belle-fille la professeure Chaussain, mon beau-père et mon beau-frère, le docteur Faliu, les docteurs Crouigneau, Frohly, Seguin, les professeurs Jean-Marie Andrieux, Valencien et bien d'autres que je n'oublie pas.

Merci à tous du fond du cœur, ainsi qu'à leurs collaborateurs, infirmières, infirmiers, kinésithérapeutes, tous ceux dont le métier est de réparer le corps humain pour que la vie continue. Quel noble métier !

Quant à ma fiction intitulée *La clinique de l'enfer*, un merci chaleureux à toute l'équipe qui a participé à l'enfantement du livre, car c'est une véritable naissance, porteuse d'espoir, de séduction envers le plus grand nombre de lecteurs possibles.

Merci à Mauricette Lambert, fidèle amie depuis ma première ligne écrite, vigilante et exigeante à tous les niveaux.

Merci à tous ceux que je dérange continuellement dans leurs différents métiers pour vérifier la vraisemblance de mes divagations, par exemple le commandant François Lange, qui m'accueille toujours avec patience et attention.

Merci à mon épouse, ma famille, mes premiers lecteurs qui approuvent ou critiquent avec bon sens et affection.

Merci enfin à mon éditeur, à Jean Failler, Delphine, Myriam, Nathalie, Annie, Meven, dont la bienveillance, l'amitié et le professionnalisme sont un soutien précieux sans lequel rien ne serait possible.

Inscrivez-vous gratuitement,
et sans aucun engagement de votre part,
à notre bulletin d'information
en nous retournant le coupon ci-contre.

Vous serez averti(e) des parutions en exclusivité,
pourrez bénéficier d'offres spéciales,
de cadeaux, etc.

Chaque nouvel inscrit recevra
une petite surprise…

Rejoignez-nous vite !

Et n'hésitez pas à proposer l'inscription
à vos parents et amis…

Je désire m'abonner gratuitement au bulletin d'information des Éditions du Palémon : je serai averti(e) des parutions des enquêtes de Gérard Chevalier et autres ouvrages, ainsi que de l'actualité et des offres Palémon.

Nom ....

Prénom ....

Adresse ....

....

Code Postal .... Ville ....

Pour encore plus d'offres et d'infos, indiquez votre adresse e-mail :

E-mail ....@.....................

Bon à compléter ou à recopier et à retourner par courrier à l'adresse suivante :

ÉDITIONS DU PALÉMON
ZI de Kernevez
11B rue Röntgen
29000 QUIMPER

Vos données sont collectées par les éditions du Palémon afin de vous inscrire à notre lettre d'information. Le recueil des données est facultatif et limité à ce qui est strictement nécessaire pour vous faire parvenir notre catalogue et/ou notre newsletter. Vous pouvez à tout moment accéder à vos données, les rectifier, demander leur suppression ou la limitation de leur traitement. En cas de question, vous pouvez nous contacter au 02 98 94 62 44 ou sur **contact@palemon.fr.**

- ☐ Je consens à l'utilisation de mes données
- ☐ Je souhaite m'inscrire à la newsletter

GC05b

Retrouvez tous les ouvrages de Gérard Chevalier
et des Éditions du Palémon sur :

www.palemon.fr

ÉDITIONS DU PALÉMON
ZI de Kernevez - 11B rue Röntgen
29000 QUIMPER
02 98 94 62 44
Dépôt légal 1er trimestre 2023

ISBN : 978-2-372609-70-8

Achevé d'imprimer en février 2023
sur les presses de CPI Bussière
18200 Saint-Amand-Montrond
Numéro d'impression : 2070247
1er tirage

Imprimé en France